EVIL SOUL

少年魔人傳說

邪貓靈/文 Lyoko/圖

1 謎樣的遺書

人物介紹

主要人物

元澍

平凡的十八歲少年，從郊區來到大都市就讀大學，為M大藥劑系一年級新生。個性爽朗卻也孩子氣、衝動，很容易被人激怒，是個路痴；身手了得，很喜歡打架，以彈弓為防身武器。原以為自己只是普通的孤兒，卻不料自己的身世竟與「魔人」扯上關係。

顧宇憂

M大醫學系三年級學生，是已逝偵探元漳的助理，專門協助警方祕密處理關於魔人的委託。他聰明冷靜，卻沉默寡言，不擅長表達內心的情感，但其實是個很會照顧人的鄰家大哥哥，擅長做料理。個性冷漠的他與一連串怪異的行徑，讓元澍心裡有種毛骨悚然的感覺。

伍邵凱

二十歲M大心理系一年級新生，是元澍在新環境裡交的第一個朋友，後來兩人成為好友死黨。他擁有燦爛和具有感染力的笑容，個性熱情隨和，很容易相處，是個陽光男孩，但只要有人把他誤認為女生，就會變臉揍人。他身手敏捷有如一陣風，座騎是一輛野狼機車，喜歡飆車。

元漳

開設一間偵探社，專門協助警方處理魔人的委託案件，後來自殺身亡。但死因成謎，僅留下意味不明的遺書與偵探社給素未謀面的兒子元澍。

嚴克奇

警方重案組負責人。從祖父那一代開始就與元漳聯手管制城裡魔人的問題，除此之外，也經常要求好友顧宇憂幫忙查案。性格有點高傲臭屁，不過跟他混熟的人都知道他是個關心市民的好警察。

次要人物

戴亞金

A市黑道頭子戴維的幼子。個性不可一世，但面對女生時很容易害臊，因此交不到女友。

戴欣怡

M大醫學系三年級學生，她性格開朗，待人親切熱情。元澍對她一見鍾情，卻發現了她那不為人知的秘密.......

CONTENTS

‧第一章‧

都市初體驗

魔人，就是體內寄居著惡魔的人，
這些人好像有一些不為人知的力量……

‧一‧都市初體驗‧

迎面吹來一陣寒風，凜冽但夾帶著淡淡的腥甜味。

十步遠的距離外，一道模糊的黑影忽隱忽現，任由身上的布料隨風飄揚。

「**兒子……**」

輕輕柔柔，像是來自遠方的聲音清晰的傳進我耳裡。那兩個字宛如魔咒般瞬間把我喚醒，晃了晃腦袋，才意識到自己莫名其妙來到了這個鬼地方。

說是鬼地方一點也不為過，包圍著我的，只有墨水般濃稠的黑暗。

我嘗試掏出手機，打開手電筒功能照明，但身體周圍彷彿有道屏障阻止了那些光線往外延伸。伸出手，卻什麼也摸不到。

「真是見鬼了。」我該不會迷路迷到陰府來了吧？以我這種迷糊的個性、迷路比吃飯還要頻繁的人，這種可能性簡直比中樂透還要來得高。

在怪異的空間裡，我半瞇著眼，只看得見那抹像是由大量黑煙拼湊而成的詭異黑影。

「是誰？」跨前幾步，我想要瞧清楚對方的樣貌，但不管多努力，都無法縮短與對方之間的距離。

奇怪，對方根本就沒有移動的跡象，整個人紋風不動的杵在原地。

感覺上，我跟那傢伙就像兩面互相排斥的同極磁鐵，一個趨前一步，一個彈後一步，永遠別想黏在一起……呃，好啦，我的譬喻法就是這麼爛，因為我只是個比爛學生好一點點、資質普通的學生罷了。

「你到底是人是鬼啊？」追了一段路，我語氣開始不耐煩了。他剛才明明在叫我，卻又不讓我靠近，到底想跟我玩捉迷藏玩到什麼時候啊？

……咦？等等，剛剛他好像喚我……兒子？！

「你是爸？！」該不會就是我那個素未謀面、剛死沒多久的老爸吧？

幹，真的來到陰府了！

「兒子，記住我的話，千萬別殺人，別讓自己的雙手染上別人的鮮血，就讓體內的惡魔永遠沉睡下去……永遠……」

嘶啞的聲音，加上刺骨的冷風，讓我身上起了雞皮疙瘩。

我打了個寒顫，大惑不解的對著他皺眉，「什麼惡魔？你到底是誰？」如果你是我爸，拜託別跟我講外星語好不好？

現在是二十一世紀資訊科技發達的時代，惡魔這種一點也不科學的怪物，只出現在魔幻小說或動漫裡頭吧？

「記住自己的名字，永遠以元澍的身分活下去，直到最後、直到回歸塵土，你永遠是我兒子

・一・都市初體驗・

元澍，一定要記住這個身分……」

話聲一落，那黑影開始轉淡。

「等等！」

在我還沒來得及喊出「別走，把話說清楚」之前，黑影在一道強光下「砰」一聲爆開，化為無數碎片飄盪於空氣中。一陣輕風吹來，把它們悉數捲上了布滿星辰的天空。

抬起頭，我發現夜空掛著又紅又圓的月亮，血一般的顏色帶給人妖豔詭譎的感覺。

「喂！老爸！等一下啦！」奔上前去，我伸出手想要抓住那些碎片，卻好恨自己沒長翅膀而無法得逞，只能呆愣愣的看著它們飛向月亮。

然後，奇怪的現象發生了，碎片在月亮旁邊排列成一對類似翅膀的形狀。

「……翅膀？」我揉了揉眼睛，再次把目光拋向那詭異的翅膀時，翅膀卻早已消失無蹤……

「砰！」的一記聲響過後，我額頭上猛然爆出了一陣疼痛。兩眼一睜，映入眼簾的，是不停往後倒退的路燈和摩天大樓。

「少年欸，歹勢啊！剛才突然有個很急的轉彎，吵醒你了喔？」

前面傳來中年男子的說話聲，把我混亂的思緒逮了回來。

揉著有點吃痛的額頭，我才驚覺自己累得直接在計程車上睡著了。

過去兩天都在忙著打包行李和辦理繁雜的入學手續，根本沒有多少時間好好睡覺。早上買了票，坐上了火車，還以為可以在舒適的座位上好好的補個眠，以最佳狀態迎接新環境的新鮮空氣，怎知火車一開跑，可媲美雷聲的「轟隆隆」聲響一直在折騰著我耳膜，還睡個屁啊！

甫離開火車站，踏上計程車，我整個人就開始昏昏欲睡，連什麼時候睡著了都不知道。直到司機不小心拐了個「急轉彎」，害我可憐的額頭撞上旁邊的玻璃車窗後才驚醒過來。

這麼說來，剛剛看到的那個黑影、聽見那些莫名其妙的話，只是一場夢？

怪了，夢裡的老爸幹嘛跟我說那些教人摸不著頭腦的話啊？

唉，算了算了，既然是夢，別放在心上就是了。

「少年欸？你沒事吧？」計程車司機見我沒反應，從後視鏡看著我，面露關心的問：「是不是哪裡撞痛了？」

「啊，沒事沒事！」揚起殺死人不償命的燦爛笑容，我連忙衝他笑一個。

「大概還要十幾分鐘才會到喔，你可以再睡一下沒關係，到了我會叫醒你。」他放心的笑了笑，還熱心的提議。

「知道了，大叔。」我笑著點點頭。

・一・都市初體驗・

不過，疼痛的感覺早已令我睡意全消。盯著窗外全然陌生的景色，我心裡既期待又緊張。終於來到這個堪稱全國最繁華和地價最高的大都市——北部的A市了！以前我住在南部的K市，只是個小城市，完全無法與這裡相提並論。

看著車水馬龍的快速道路和五光十色的摩天大樓，我有點擔心孤身一人的自己跟不上大都市的生活步調。

會動身來到這裡的原因，是因為我考上了這裡的M大學。

很幸運吧？沒想到我這個成績不怎麼樣的學生，竟有幸踏入A市大學的門檻。

另一方面，也是為了要繼承我爸留給我的遺產。

老實說，自小在孤兒院長大的我，從不奢望可以跟自己的親生父母見上一面。直到一個月前，有個叫安律師的人找上了我，說我爸幾年前立了遺囑，而我是遺囑上面唯一的受益人。安律師說爸留下了一棟房子和一間偵探社給我，同時在銀行有一筆為數不少的存款。

既然安律師都已經找上門了，爸當然已不在人世了，他是在一個多月前突然自殺身亡的。

令我震驚的不是他自殺的消息，而是為何他明知道有我這個兒子的存在，多年來卻對我不聞不問，把我棄於孤兒院？

三個月前，剛滿十八歲的我搬離了孤兒院，開始在外面打工以籌措到北部A市上大學的生活費。沒想到在入學的前一週，安律師忽然找上門來，要我無論如何一定要到北部A市繼承爸留下來的遺產。

沒錯，是北部的A市。

有這麼巧嗎？

話說回來，我爸十八年來沒有盡到做父親的責任，照理說我應該要很瀟灑和態度堅決的在安律師面前否決我和爸的關係，說出「我才不稀罕他財產」的屁話。

但是，既然已知曉我親生父親的下落，說不定還可以從爸留下來的遺物找到我媽。

由於安律師對於我媽的下落完全沒有概念，所以繼承爸留下來的財產是唯一可找到我媽的方法，因為爸的房子裡一定有留下跟媽有關的相片或是物品。雖然我媽不一定願意認回我，至少我能確保她過得好不好，別跟爸一樣，死了我才知道他是我爸。

可是不知為何，自從接到爸自殺的消息後，我的一顆心就忐忑不安、七上八下的。

他為什麼要自殺？他死後還留下了偵探社，這麼說來他生前是一名偵探囉？為什麼替人解決疑難雜案的偵探，最後竟然要鬧自殺呢？真是件耐人尋味的怪事。

安律師說，爸死後只留下一封遺書交代自己尋死的原因。

我納悶不已，他至少也留封指名給我的遺書，交代清楚我的身世、他自殺的原因、媽的下落、以及為何當初要拋棄我現在又留下財產給我……結果，現在害我對於他的行為留下了一肚子的問號，卻找不到一個可以解決這些謎團的對象……

「少年欸，你是高中生嗎？」司機大叔見我毫無睡意，開始掛起笑臉跟我攀談。爽朗的笑聲打斷了我的回憶。我猜想開計程車的司機大叔一定很悶很無聊，一遇到可聊天的對象當然要死命捉著不放。反正我也睡不著了，只好捨命陪君子了。

「明天報到後就是大一的新生了。」我隨口回答。以我的身高，怎麼看都不像高中生吧？

「喔，大學生呀！聽說A市的大學全都是一流的，能考上這裡的大學，你真的很了不起咧。」他興高采烈的豎起大拇指，兩眼笑成了彎月。

「哪裡話啦。」有些尷尬的撓撓頭，我不太習慣被人稱讚……

「哪間大學啊？」

「M大學。」

「喔，那間的醫學系聽說很出名咧！少年欸，你讀什麼系？」

「藥劑。」很冷門的科系。

也許因為這樣，才會被錄取吧？我自嘲。

「原來你想當藥劑師啊？這工作聽起來很不錯咧，薪水高，還能自己開藥局喔。」

我苦笑，當時孤兒院院長替我申請了幾所大學，沒想到竟被M大學錄取。實際上，我對藥物完全沒概念。

「欸，你對A市熟悉嗎？還是第一次來？」

「嗯，我是第一次來，之前從來沒來過。」反正閒著也是閒著，我索性先拋開爸的問題，跟司機大叔套取這裡的情報，「這裡是個什麼樣的地方？我只知道它是全國最繁榮的都市之一。」

「都一般啦，沒什麼特別，地方繁榮、人口稠密。當然啦，人多的地方社會問題也會比較多啦，你要小心一點，要懂得保護自己，像你這種從小地方來的學生啊，很容易被人盯上的。」

司機大叔真的好熱心，但我還不至於連保護自己的能力都沒有。

「還有啊，不知道你有沒有聽過『魔人』這傳說？」

「魔人？魔術師嗎？」我當下只聯想到那些在舞臺上變把戲的傢伙。

「不是啦！就是體內寄居著惡魔的人，這些人好像有一些不為人知的力量。」

「嗄？」啊大叔你是不是發燒啊？居然相信世界上有惡魔這玩意兒。

「我也只是聽來的啦，身邊的人都沒見過，只是聽說而已。」

我臉上寫滿了不相信。

「你開這麼久的車，有見過嗎？」這問題充滿了挑釁的意味。

「這我不知道啦！因為他們的外表跟正常人一模一樣，只是體質不同，身體裡面的東西我們可看不見啊！」司機大叔認真的表情像在告訴我，的確煞有介事。

「那他們到底有什麼力量啊？會吃人嗎？」我惡作劇般問他。

「吃人倒是不會啦，就是精通一些奇怪的魔法吧？」他不很肯定的聳聳肩，我有理由相信他是被別人糊弄了。

笑了笑，我無意再繼續這個話題，意興闌珊的接話：「會魔法的是叫做魔法師啦，但那也只是古代的傳說而已，現在是文明社會，只要不科學的東西，多半是拿來唬人的。」

「少年欸，你懂很多喔，讀書一定很厲害。」他尷尬的笑笑，也不敢再提起跟惡魔有關的話題，轉而開始跟我聊起了工作上的趣事。

※……※……※……※

下著滂沱大雨的街道上，一道閃電倏地從天空的盡頭劈向大地，令人望而生畏。

「轟隆隆──」隨即傳來的雷鳴聲把人行道震得輕微搖晃，予人地震來襲的錯覺。

拖著一個笨重的巨型行李箱，我匆匆來到一排店屋的騎樓下避雨。

「吼！偏偏在這時候下雨！」把行李箱擱在腳邊，抖了抖身上的風衣，我迫不及待甩掉身上的雨滴。

好冷，我拉緊半溼的外套，發現頭髮在滴著水。

像隻從水裡被撈起來的小狗般，我用力甩頭，想要甩走那些冰冷的雨水。

剛剛司機大叔說我要去的地方就在附近而已，只要沿著他放我下車的人行道一直往前走，就會來到一條熱鬧的街道，再向右邊拐兩個彎就到了。如果要坐車過去，非得多繞一個大圈，到時候就要多付一倍的車資。

反正我這人運動細胞還算不錯，走一段路就像吃零食那樣簡單，想也不想就接受了司機的善意提醒。沒想到才走了幾步，天空像是跟我作對似的說下雨就下雨，把我淋個措手不及，一時間亂了方寸。

向來沒什麼方向感的我在路上亂跑亂竄找地方避雨時，已忘了自己到底拐了幾個彎、跑了幾條街道，也不知自己來到了什麼樣的地方。

「唉，早知道寧願多付一倍的車錢，叫司機直接把我送到爸的家門口便是……」

沒錯，我即將入住爸留下來的那棟房子。

聽說A市房子的租金很貴，不是一般學生所能承擔的，特別像我這種從小地方來的窮學生。而現在，能有免費的地方居住，我就能省下一大筆租金了。

不曉得爸生前住在什麼樣的房子裡呢？

外面的雨還在下個不停。

把自己抽離那些複雜的思緒，我抬頭仰望被雨水濛住的夜空時，只能感嘆自己在不對的時間下了火車、不對的時間下了計程車……

我一邊碎碎唸，一邊繼續甩掉髮間的雨水，不料耳際忽然傳來了一串髒話。

回頭，一個凶巴巴的年輕人正惡狠狠的瞪著我，彷彿我是他殺父仇人似的。

他染了一頭金髮，耳垂戴了好幾個閃閃發亮的耳釘，脖子和手上也掛滿了飾物。奇怪，他不覺得很重嗎？我光看著就覺得受不了。

他身後還站了幾個打扮時髦的年輕人，同樣擰著眉對我露出了嫌惡的表情。

印象中，我好像不認識這些看似不良少年的年輕人吧。再說，這是我第一次踏入這座都市，會認識他們才有鬼咧！

「這位大哥，請問有事嗎？」挪開幾步，我大惑不解的抓抓頭。

其實我比較好奇他是不是眼睛抽筋了？

漬。

「幹！你噴到我了！」那個金髮青年吼我一聲，還一邊接過友人遞來的面紙，拭去臉上的水漬。

我恍然大悟，原來是我甩頭髮時，上面的雨水不小心噴到他臉上了。

好奇的望向身後，我發現這一整排店面都隱約發出五顏六色的燈光，一看就知道是經營酒廊或舞廳的夜店，這幾個年輕人大概是剛從這種地方消費完，正準備要離開。

唉，看樣子，我也在不對的時間甩頭髮。

「呃……」噴到了人是我不對，正打算道歉時，不料他已一把揪緊我衣領，強迫我靠近他那張長得一點也不帥，還爬滿了青春痘的麻臉。

「我等一下還要找我馬子約會，你這是什麼意思啊？」

他突如其來的行為害我一個踉蹌，不小心推倒腳邊的行李箱，而倒下的行李箱無巧不巧的壓在他腳上。

我是個大學生，身上沒什麼錢，書本卻多得足以砸死人。

你能想像嗎？被一個裝滿書本的行李箱砸到腳，會有多痛！

「哇──啊──痛──」金髮青年馬上鬆開我衣領，抱著腳板哭爹喊娘的，還重心不穩屁股落地，狼狽的摔在濕漉漉的地上。

又一陣驚天動地的呻吟聲傳來。他身邊的友人立刻衝上前去扶起他，另有兩人一左一右的堵住我，禁止我離開。

呃，現在到底是怎樣？

「對不起啦，我不是故意的！」我拉起倒在地上的行李箱，語氣誠懇的道歉。

人家不都說嗎？做錯事，道個歉就好了，沒什麼大不了。雖然剛剛我不確定到底錯的人是他還是我？

「你、你……」他摸了摸已溼透的屁股，氣得不知所措，「臭小子！我要你賠我一條新褲子！還有賠個女朋友給我！」

金髮青年像個鬧彆扭的孩子般指著我跺腳，嘖，幼稚死了！

他旁邊的友人見狀也紛紛起鬨。

「對啊！大哥為了今天的處男約會，特地砸錢買了一身的名牌衣褲！」

「就是！連內褲都是新的！」

「大哥好不容易才告白成功的說！」

「現在商場都打烊了，要買褲子也找不到地方了！」

「就是！第一次約會就這樣被你搞砸了，你還要賠我們大哥心靈創傷費！」

眼前的一群年輕人劈里啪啦說個沒完沒了，我越聽就越傻眼。

「我說這位大哥，如果你女朋友因為你溼了褲子而跟你分手，那她一定是喜歡你的褲子而不是你的人。這樣的女朋友，不要也罷啦。」我好意提醒他。

可不是嗎？那種只注重外表的女孩，大概也不是真心愛上他的吧？沒有掏出真心來愛人的女孩，分手也只是遲早的事，長痛不如短痛，現在抽身至少沒那麼痛啊。

我這麼說，也是出於一片好心，免得那個金髮青年到頭來人財兩失。

「媽的你說什麼啊？竟敢誣衊我喜歡的女人，你這是在質疑我眼光嗎？啊？！」金髮青年兩眼噴火，我胸襟的衣服一緊，又落入他手中了。

呃，難道我也在不對的時間，講不對的話嗎？

「這位大哥，大家都是文明人，別老是動手動腳的，我只是個窮學生，拜託你行行好，別弄壞我衣服。況且我說的那些都是事實啊，以前我高中同學老是被貪慕虛榮的女生騙……」我開始滔滔不絕，但對方似乎沒啥耐性聽我說下去。

「沒錢是嗎？那就更好說話了，留下一隻手，我就放過你。」金髮青年不懷好意的冷笑。

聞言，他身後的四名同伴開始活動脖子和手指的關節，緩步朝我走過來。

「喂喂喂，人家說君子動口不動手，你們還這麼多人打我一個，不覺得很無恥嗎？簡直比貪慕虛榮的女生還卑鄙咧！」他們該不會想以多欺少吧？而且對象還是個初來報到的大學生！

我不由得皺起了眉頭，兩眼卻無畏的瞪著近在咫尺的金髮青年。

「哼！怕的話就別逞強，跪下來求我啊，可能我會考慮拿走你兩根手指就好了。」他大笑，說話時的氣息還不停噴在我臉上。

他的同伴也紛紛露出了輕蔑的笑容。

「對不起，請讓一讓。」

驀地，一個頎長的身影無視一場即將爆發的大學生被不良青年圍毆的事件，硬要在我和金髮青年中間走過。

我偏過頭，對上了一隻慵懶的血紅色眼瞳。沒錯，只有一隻而已。

他擁有一頭黑色的頭髮，前面的瀏海有點長，遮住了他半邊臉，只露出了漂亮的左眼。儘管如此，卻不難發現他長得真是他媽的好看，就連眼前這些準備揍人的流氓都把他當成美女般看得目不轉睛。

手裡拿著一把傘的他，帶著懶散的眼神瞟了金髮青年一眼，彷彿罩上了一層冰霜的帥臉完全看不出情緒。

「呃……」金髮青年猶豫了一下，還是鬆開了我的上衣，讓出了位置。

我愣了一下，以他火爆的性格，幹嘛不揪住對方的衣領說「讓個屁」的話？！試問我長得不比那個冰山差啊，為什麼待遇差這麼多？

再看回那個冷峻的少年，他應該很清楚眼前這群流氓正準備對我出手吧？看到這種場面的人，至少也會開口質問對方想做什麼，甚至警告他們別在大庭廣眾下鬧事，否則會報警處理之類的話吧？

可是那個看上去跟我年齡相仿的少年完全不把我們放在眼裡，彷彿我們只是大雨裡毫不起眼的小水點。

他若無其事的越過我們，走向騎樓的盡頭，拐個彎，背影很快在眾人眼裡消失了。

「咳咳！」金髮青年馬上拽回自己的靈魂，重新把目標鎖在我帥氣的臉上，伸出兩隻臭手繼續蹂躪我的上衣。

討厭，衣服破了你會賠我嗎？

面對眼前這個差點被某少年拐走了靈魂的流氓，我心裡冒起一把無名火，沒兩下子就已經燃燒至全身筋脈。

「你給我做好挨揍的覺悟吧！兄弟們！給我狠狠的打，千萬別手軟！一定要讓這個害你們失去大嫂的傢伙好看！」他用力推開我，身後的同伴馬上握緊拳頭一擁而上，嘴裡還發出了難聽的咆哮聲。

「哼！」我站穩腳步，露出了冷笑。

換作別人，剛才被金髮青年那麼一推，早已經摔個四腳朝天了。可是對於我這個自小就精通多種防身術和武術的窮學生來說，用來搔癢都還嫌太輕呢。

我也不知道為什麼，自我懂事以來就對打架特別有幹勁，彷彿體內的細胞一刻都不能靜下來，孤兒院的孩子常被我揍得鼻青臉腫，哭著喊院長。孤兒院院長苦口婆心勸我說打架是不對的，所以我開始轉移目標，什麼防身術都學，畢竟只有身在練習道場時，我才能光明正大的「打架」。

長大以後，我好不容易才克制住自己「一不打架就渾身不自在」的毛病。但只要有人忽略我帥氣的俊臉，我就會抓狂，一抓狂起來，我就會很想打架。

現在人家都已經欺負到我頭上來了，「默認」剛才那個少年長得比我帥氣！

我重申，我這人什麼都好，就是無法忍受別人無視我這張帥氣十足的臉蛋！

吼，氣死人了，他們已經激怒我了！

我捉住了第一個朝我揮拳頭的青年的手臂，狠狠給了他一個力道十足的過肩摔。其他人見狀不由得愣了一下，隨即一哄而上，手腳並用的襲向我。

我揚起自信的笑容，從外套裡摸出了一把原木色的彈弓。

「那是啥？」帶頭的那傢伙一看見我手裡那個應該出現在小孩手上的玩意兒時，頓時笑得前仰後合，「哈哈哈……你是三歲……」小孩這兩個字還沒說出口，他突然按著胯下倒在地上痛得直飆淚。

「幹！那是什麼！」殺豬般的怒吼聲。

「石頭啦，你小時候沒用石頭射過小鳥喔？」我打了個哈欠，若無其事的說。

「媽的！竟然用石頭射我小鳥……嗚嗚嗚……」他氣得不知所措，一動怒，小鳥……呃，小弟弟更痛了，連話都說不下去。

「竟然跟娘兒們一樣攻擊男人的寶貝，你是娘兒們啊！」旁邊的兄弟見狀怒不可遏，掄起拳頭衝向我。

「啥？說我是娘兒們？那我就恭敬不如從命了！」

噙著玩味的笑，我從地面上撿起了好幾塊大小不等的石頭，開始瞄準最前面的那個傢伙。

擔心胯下跟友人一樣被石頭命中，那群人馬上驚呼一聲，紛紛以雙手護著重要部位。

「中計囉！」縱身一躍，我手上的石頭快速從彈弓上一一射出，向他們的額頭打招呼。

一人一塊，不多不少。

他們全都吃痛的摀著額頭，倒在地上痛苦呻吟。

哼！誰叫你們瞎了眼，居然不把我這個帥氣的少年放在眼裡！

我越想越氣，不理會他們已經七橫八豎倒在地上哀號，很沒品的多踹了他們幾腳。求饒和呻吟聲綿延不絕的傳進我耳裡，我佯裝沒聽見，像個痞子般來到那個幾乎已經黏在牆上目瞪口呆看著我的金髮青年面前。

「喂，快說，到底是誰比較帥氣？我還是他？」我盯著他的目光，陰沉的像是來自地獄的使者。

「呃……」正在瑟瑟發抖的他好像聽不懂我的問題，正瞪著一雙金魚眼看著我，彷彿我會忽然發難把他吞進肚裡似的。他吞了吞口水，然後像個被色狼非禮的女生般尖叫一聲，馬上抱著胸……呃，是抱著頭逃之夭夭。

「妖、妖怪啊——」他的同伴們也紛紛忍著痛爬起來，有樣學樣夾著尾巴逃逸。

啊！這時候我才想起自己打架時，好像變成了另一個人，不小心露出嗜血和暴戾的駭人表情，彷彿想把人生吞活剝似的。

孤兒院院長曾經取笑我說，如果我跑去當拳擊手的話，一定能輕鬆獲勝，因為對手鐵定會被我可怕的表情給嚇破膽，這樣我就可以趁人之危，攻他個措手不及。

嘖嘖嘖，沒想到一個孤兒院院長竟然如此卑鄙吧？連我都有點看不起他了。

那些流氓轉眼間已逃得乾乾淨淨，騎樓頓時又只剩下了雷雨聲。

不過，經過這場小插曲之後，騎樓外的雨勢已經變小了。我彎下身拿起行李箱，順便撿起剛才那群人忘了帶走的雨傘，就這樣衝進已轉小的雨裡。

我拿出外套裡那張寫著地址的紙條仔細端詳。

唉，在黑漆漆的雨夜裡，要找個地方一點也不容易，但我不得不接下這個嚴峻的挑戰，因為我不想在公園或天橋底下度過這個寒冷的夜晚啊！

我無力的垂下肩，拖著笨重的行李開始探險……呃，是找房子去。

孤兒院院長一直說我個性糊塗，要是哪天迷路了一點也不奇怪。

真該死！這次竟被他的烏鴉嘴說中了！

我一手撐傘，一手拉著行李在雨裡停停走走了大約一個小時，始終找不到爸的房子。看樣子，還是找個路人來問路吧，否則再這樣像隻無頭蒼蠅南北不分的亂竄，說不定天亮了還在迷宮般的住宅區繞呀繞，不累死都餓死了！

天空還在下著雨，路上寥寥可數的行人無不撐著傘疾步而行。我伸出手，都還來不及張口詢問，他們已經匆匆越過我身旁，咻一聲走遠了。試了幾次，結果都一樣。

在這個下雨的街頭，誰也不想在寒冷的路上多逗留一秒鐘。

我嘆了一口氣，正想放棄向路人問路時，忽然發現迎面來了一名披著黑色波浪捲髮、身穿一件及膝黑色小洋裝的少女，有點蓬起的裙襬把她襯托得可愛極了，而且她長得非常漂亮。

少女揹著一個黑色小背包，正優哉游哉的在雨中散步。

沒錯，是散步，而且還是赤著腳呢。那雙原本應該穿在腳上的長靴，卻被她提在手上，好奇怪！她任由從天而降的雨水淋在她身上、髮上，雖然看起來像個落湯雞，卻不減她渾身散發出來的美麗光輝，也充滿了神祕感。

我不由自主的走向那少女，分了一半的傘給她，然後讓她看我手上的地址。

「請問妳知道這地方怎麼走嗎？」

她停下腳步，彷彿受到驚嚇般看著我。

這時，我才發覺自己的行為有點冒昧，連忙向她道歉，說：「對不起，我不是故意打擾妳在雨中漫步，但是我找了好久都找不到這地方。我剛從南部來到這裡，對這裡的路一點也不熟悉……」

「沒關係。這裡嗎？」她接下我遞過去的紙張，微笑著打斷了我的話。

那笑容幾乎快勾走了我的魂魄。

我的鼻血和口水差點就要流下來了，眼前的少女好漂亮、好有氣質，連聲音也像是一股清流般清脆動聽。只不過，她臉上化著黑色系的濃妝，連唇膏也是接近黑色的深褐色。要是哪天她卸了妝，換套可愛的淺色洋裝站在我面前，我未必能認出她來。

「妖豔的魔女……」我腦海裡馬上勾勒出這五個字。

差點就要脫口問她是不是在玩角色扮演，扮演哪部動漫的魔女了。

像魔女的女生更具吸引力吧？人們不也常說嗎？女生不壞，男人不愛……呃，我又走神了。幸好她未察覺我的花痴樣，專心看著我手上的紙張。

「這裡很容易走的……」

她三言兩語就說明了路線，我道聲謝，想把雨傘留給她，她卻搖搖頭，從背包裡拿出一把可摺合的小傘，綻放著花朵般的燦爛笑容說：「我自己有。」

說完，她打開那把小傘，連再見也沒說，就頭也不回的走遠了。

當我回過神的時候，她的背影已被從天而降的雨水給糢糊了。

「都什麼時候了，還只顧著看美女！」我敲了自己腦袋一記。

・第二章・

來歷不明的同居人

一直以來，我們只聽過人類與惡魔簽訂契約……

你聽過天使或上帝跟人類簽訂契約嗎？

・二・來歷不明的同居人・

好不容易，我終於根據少女指的路線找到了那個素未謀面的老爸的家。

就快累斃的我一想到可以馬上躺在柔軟的床上大睡一覺，巴不得立刻衝進那棟看起來已有些年代的獨立洋房。

沒想到爸生前的生活還過得挺優渥的，住在這麼大的一間房子裡。

我微笑著打量爸留下來的房子，似乎忘了自己曾經有過「我不稀罕老爸財產」的想法。在這裡住下的話，除了可省下租房子的錢，說不定還能把裡面的房間全租出去，那麼每個月的生活費就有著落了。

一邊打著如意算盤，我推開籬笆門，從口袋裡掏出安律師寄給我的鑰匙準備趨前打開門鎖時，赫然發現屋內正亮著燈，而且隱約有人在裡面走動。

「嚇？！」

我退開一步，看了牆壁上的門牌一眼，是這裡沒錯啊……難道裡面還住了其他人？不可能啊，安律師說我是爸遺產唯一的繼承人，而這棟房子根本就沒有其他人在住！

「難道是老爸知道我今天要來，所以特地從陰府回到人間來看我嗎？」我吞了吞口水，雙腳像是生了根似的杵在大門前。

不對啊，要是爸回來看我，他都已經死了，幹嘛還要開燈呀？再說，鬼不是都很討厭光線的嗎？

說不定是小偷發現這房子在擺空城，偷偷潛進去行竊？

吼——不能原諒！我生平最痛恨那些幹壞事的不法之徒，更何況是準備偷走屬於死人……呃，我爸的東西！

一打開大門的鎖，我已迫不及待踢開門板衝進屋裡。

屋裡有個長得眉清目秀的少年正想踏上階梯，他一聽見聲音馬上回過頭來看著我。

咦？為什麼眼前的少年看起來有點眼熟？特別是那隻慵懶的紅色眼瞳。

啊，我想起來了！他不就是剛才那個見死不救，一副泰然自若從我和金髮青年中間走過的少年嗎？他、他、他為什麼會出現在我老爸的房子裡？

他看起來很年輕，根本就不可能是我爸的鬼魂吧？那麼，他很有可能就是小偷囉？

原本就已經很不爽對方長得比我帥的心情又瞬間爆發了，可是我還沒開口說話，他已經淡淡的開口問我：「有事嗎？」

現在到底是怎樣？拜託這是我爸的房子咧！為什麼我反而成了訪客？

「你是誰？這明明是我老爸的房子，你為什麼會出現在這裡？」我氣急敗壞的質問。

「原來是元先生的兒子元澍，幸會。」一面不改色的把話說完，他轉身走上樓梯。

咦?他居然知道我是老爸的兒子，那一定不會是小偷。不過……他到底是誰啊?好像看到我是意料中的事、在房子裡來去自如也是理所當然的事，彷彿這裡是他家似的。

可是，安律師沒說這裡住著其他人啊!

「喂!等等!」我踏前一步，叫住了他。

停下腳步，他懶懶的轉過身面對著我。

「你是誰?為什麼會在我爸的房子裡?」

「我住這裡。」簡短的說完，又繼續爬他的樓梯。

可惡，簡直沒把我放在眼裡!

「可是安律師說我是這房子的繼承人，你到底是誰?為什麼會住在這裡?」我沉住氣問他。

「我是元先生的助理。」這次他頭也不回的回答我。

「喂，你就不能停下來好好跟我說話嗎?你想趕去投胎呀?」我被他無禮的態度惹火了，也跟著踩上階梯追向他，然後一把扳住了他的肩。

「有事?」他冷淡的眼神令我大為光火。

咦?等等，他說他是爸的助理，難道是……偵探社的員工?

「你是偵探社的員工?」我好奇的打量著他。

他看起差不多跟我一樣大，卻已經在偵探社工作了？他不是學生？腦子裡，問題一個接一個冒了出來，有效的沖淡了我體內的怒火。

「沒錯，而且多年來我一直住在這。」他偏過頭來跟我說話。

多年來？這麼說來，他說不定是爸……領養的孩子？

可是要開口問對方是不是被爸領養的孤兒，是件很不禮貌的事。畢竟我也是在孤兒院長大的，最討厭別人觸碰自己心裡的疙瘩，那是一道永遠無法痊癒的疤。

沒錯，我們是被大多數人瞧不起的孤兒，因為我們都是被父母遺棄的垃圾。

「你的意思是說，我爸的偵探社還在營業？」晃了晃腦袋，我盡量把注意力擺在正事上面，詢問的口氣轉緩。

「算吧，我想。」他索性轉過身，雙手抱在胸前，態度冷淡得像在跟陌生人交談。

「為什麼這麼說？偵探社的員工不都還在嗎？」我百思不解。

「是這樣沒錯，不過偵探社也只有我一個員工。」他的回答直接且簡短。

欸？我以為爸經營的偵探社是一間頗具規模的公司。這麼說來，爸必須親自調查每一件受人委託調查的案件嗎？就像電影裡面的情節一樣。

如果眼前的這個少年只是個助理，那麼爸離開了，偵探社不也……關門大吉了？

「所以偵探社是已經不存在了？」

「不，只要接到委託，我還是會進行調查。」

「就……你一個人？」我不敢置信的看著他。

他點點頭，問：「有問題嗎？」

「呃……」我好像不小心質疑了他的能力，不知道他有沒有生氣。

「如果沒有其他事，那麼，晚安了。」旋身，他像隻貓咪般踩著輕盈的步伐，三步併成兩步爬完樓梯，拉開第二扇門走了進去。

「欸……」我想喊住他，卻已經來不及了。嘖，態度真是有夠冷淡的。

我悻悻然的離開階梯，開始打量起這棟房子的內部裝潢。

房子裡的裝潢不算豪華，可是該有的家具一應俱全，而且被打掃得一塵不染。

放眼望去，樓上一共有四個房間。我打開第一扇房門，裡面看起來像是主臥室。房裡的牆壁和家具皆以深褐色為主，根本就是個男人的房間。這……大概是我爸生前睡的寢室吧？

房裡看起來非常整潔乾淨。

原想踏入房裡，找找看有沒有任何跟我媽有關的物品或資料，可是已經奔波了一整個晚上，現在的我哈欠連連，連自己姓什麼都差點記不住了。

「先找個地方睡覺吧，明天一早還得前往大學報到呢，還有去找那個安律師，再打點一些生活用品……」啊，好忙呀。

自從離開孤兒院以後，凡事都要親力親為，光想都覺得很累。

等這裡的生活安定之後，再來打探媽的下落吧。

正要踏進臥室的時候我想了一下，覺得這房間太大了，說不定弄髒了要花很多時間來打掃。再說呀，我可不希望半夜起來看見爸站在床頭叫我「乖兒子」。

「呼啊——」我打了一個大大的哈欠退出爸的臥室，拖著疲憊的步伐來到了第三扇房門前。反正那個少年沒說我不能隨便找地方睡覺，我想也不想就打開房門。

這房間比爸的臥室小了一半，裡面有一張雙人床、獨立的浴室，以及衣櫃和書桌等簡單的家具，看起來跟飯店客房沒兩樣，說不定是爸平時拿來招待朋友的房間吧。

一脫下半溼的外套，我馬上倒在那張大床上。我從來沒睡過這麼柔軟的床褥，好舒服。忘了洗澡更衣，我已經累得就這樣趴在床上沉沉睡去了。

※ ⋮ ※ ⋮ ※ ⋮ ※

・二・來歷不明的同居人・

「啊——怎麼這麼熱啊？都快變烤肉了我……」

一股悶熱的感覺來襲，轉眼間驅走我身上的小睡蟲。

我瞬間恢復了意識，迷迷糊糊的坐起身來抓了抓凌亂的頭髮。

「這是哪裡啊……」眼前的視線一片灰暗，窗外太陽的光線全被大床旁邊那兩片厚重的窗簾擋開了。

我拉起身上的T恤擦去額上和脖子上不停冒出來的汗珠，感覺全身黏乎乎的很難受。怪了，為什麼我睡前會忘了打開窗戶和窗簾啊？結果睡到汗流浹背，連身上的T恤都臭死了。

咦？不對勁，平時在孤兒院，我都跟一群少年擠在一個窄小的房間裡。

啊？不對，我已經在三個月前搬離孤兒院，自己在外面租房子住了。

在我腦袋亂糟糟無法搞清楚自己到底身在何處時，褲袋裡的手機忽然響了起來。

「喂？」我有氣無力的接通來電，還打了個大大的哈欠。

「小澍！有沒有找到你爸的房子啊？你呀，真是個教人放心不下的孩子，你初到A市報到，要去哪裡的話記得一定要花錢坐計程車，別因為想省下車錢而搞到迷路，得不償失……」手機另一頭響起了孤兒院院長滔滔不絕的聲音，「對了，你現在一定在前往大學的路上吧？報到過後就已經是個大學生囉，記得要用功讀書，千萬別辜負了我對你的期望……」

啊？大學？

我才想起自己昨天已經坐火車來到了北部的A市，而且今天一早還得到大學報到……咦？報到？！

我一手扯開旁邊的窗簾時，發現太陽都已經高掛於蔚藍的天空上了。

再匆匆瞥了一眼手錶，哇——不得了！原來已經這麼晚了！死了死了！這次鐵定遲大到了！

「院、院長！我晚點再打給你！」說完，我隨即丟下手機，匆匆進到浴室想要梳洗，卻發現行李箱還在樓下的玄關處。

哀號一聲，我直衝樓下把笨重的行李箱搬回房裡。

好不容易梳洗完畢，套上了乾淨的衣服，我馬上以最快速度衝出房子來到馬路邊。

院長說過我在這裡人生地不熟，最好直接叫計程車，可是在這交通繁忙的尖鋒時間，要看見一輛空車簡直比登天還難啊！我頓時急如熱鍋上的螞蟻，好恨自己不是鴿子，身後沒有一對可帶我飛上天空的翅膀。

我只剩下半個小時的時間。

我不確定大學跟這裡的距離有多遠，而自己能否在半個小時內順利抵達學校報到。

五分鐘過去了，我依舊像個笨蛋似的，心急如焚的在路邊來回踱步。

我正想打開手機的衛星導航系統，打算靠自己的雙腿奔向學校時，卻被一陣陣猛催油門的聲音拐走了注意力。

我循著聲音來處看過去，發現一輛墨綠色的野狼機車正不怕死的在馬路上拐來拐去，酷斃了！

沒想到那輛野狼越過一輛大卡車之後，為了避開眼前的車龍，短短數秒內已衝上了人行道，再以可怕的速度從我面前飛馳而過，險些剃光我的眉毛。

「嗚哇——」我被這輛突如其來的野狼嚇了一大跳，差點就在人行道上跌個狗吃屎，幸好從小到大訓練有素的危險意識和臨場反應救了我。

踉蹌了兩步，我重新穩住身子站好。

沒想到那輛機車在二十公尺以外的地方停了下來，坐在上面的騎士還拿下了安全帽，露出一張陽光般的笑臉和淺褐色的短髮，罕見的綠眸也填滿了笑意。

好白皙的肌膚、好漂亮的臉蛋，他簡直長得比女生還漂亮！要不是他胸部平坦、騎著野狼狂飆，說不定我已經把他誤認為女生了。

舉凡遇見比我帥氣的強敵時，我心裡總會不自覺的劈里啪啦迸出極具可怕威力的嫉火，可是他的笑容是那樣的誠懇和燦爛，連我都被吸引住了。

「好一個可媲美陽光的男孩！」我忍不住在心裡讚嘆。

可是總覺得好像在哪裡見過他。但這個念頭很快就被我打消了，畢竟我初來這裡報到，認識的大帥哥可沒幾人。

「喂，對不起啦，我就快遲到了，才會一時大意沒看到你！」

對方剛毅十足的聲音，喚醒了正在胡思亂想的我。沒想到即將遲到的我還有閒情亂想一通，可見對方真是個很有魅力的男生啊。

「沒、沒關係，我也有不對，我不該站在人行道上發呆，因為我也快要遲到了。」我承認自己的失誤，即使被撞到也是活該。

他仔細打量我身上的裝扮，然後問：「咦？你也在趕時間嗎？」

「嗯，我今天要到M大學報到，我是藥劑系一年級的學生。」

「咦？M大學？我也正好要趕去M大學咧！既然同路，不如我送你一程吧！」

沒想到我們都是M大學的學生，我目瞪口呆的看著他。

「快一點，別再磨蹭了，要不然我們兩個都要遲到了。」他說話時，一直帶著令人無法抗拒的燦爛笑容。

「噢！好。」我馬上回過神來，小跑步來到機車旁，然後毫不客氣的跨上機車。

他馬上催動油門，機車頓時又化作一頭凶悍無比的野狼，開始在馬路上疾速狂奔。

我不得不抓緊車尾，免得摔在馬路上被人看笑話。

我仔細打量眼前的男生，發現他長得瘦瘦小小的，看上去只有一百六的身高，體重更不用說了，大概不到五十公斤吧？

以一個男生體型的標準來衡量，他未免太弱不禁風了吧？

「抱歉啊，我沒有備用的安全帽！」狂風不停的在我耳邊呼嘯，那個陽光男孩必須大聲向我喊話，才能把聲音傳進我耳裡。

「沒關係！你肯送我一程，我已經感激不盡了！」幸好我遇到了貴人，不然今天肯定遲到。

「不客氣！能在路上遇到，我們也算是有緣了！對了，我叫伍邵凱，是心理系的，大一的新生。」

「我叫元澍！」我大聲回話。

「樹木的樹？」

「是三點水的澍，意思是及時的雨。」我解釋。

「很有意思，那麼你出現的地方，會不會有陣雨啊？拜託最好別在現在下雨！」他在跟我開玩笑。

好個幽默的陽光男孩呀，我被他的話給逗笑了。

跟昨晚那個冷冰冰的少年相較之下，伍邵凱討喜多了，不，簡直是沒得比！

不知怎地，我竟對這個陽光男孩有了好感。呃，當然不是喜歡女生的那種好感啦。

跟他相處或說話時，感覺很舒服、很輕鬆。

對了，我昨晚忘記問那個看起來很像貓的冰山少年的名字呢。兩個人同住在一個屋簷下，我卻不知道他的名字，說出去不被人笑死才怪呢。

「對了，你幹嘛這麼晚才出門？」伍邵凱又說話了。

我開始佩服這個能一心兩用，一邊飆車一邊跟我聊天的男生。

「我睡遲了，呵呵呵……」我尷尬的騷頭。

聞言，伍邵凱也笑了起來，說：「哈哈哈哈……我也是，希望惡魔保佑我們不會遲到！」他加速前進，機車在繁忙的馬路上拐來拐去，換來了一些司機的咒罵聲。

我愣了一下，正常人都會說上天或上帝保佑我，這是我第一次聽見有人說「惡魔保佑我」，不由得皺起了眉頭。

「惡魔？」我語氣裡充滿了疑惑。

「哈哈哈……你相信嗎？這世上永遠只有惡魔聽得見我們的呼喚或求助。」眼前的男生爆出一串爽朗的笑聲。

「嗄?」我傻眼。

「一直以來,我們只聽過人類與惡魔簽訂契約,你聽過天使或上帝跟人類簽訂契約嗎?」

什麼契約嘛,那只是小說裡虛造出來的情節而已,什麼一旦與惡魔簽訂契約的人類,死後必須把靈魂奉獻給惡魔的鬼話,我壓根兒不相信。

這些話,令我不由自主的想起了昨晚與計程車司機的對話。

感覺上,A市的人似乎喜歡把惡魔掛在嘴邊,說不定是被那個魔人的傳說給感染了吧?真是個奇怪的都市、奇怪的人類。好擔心自己早晚變得跟他們一樣。

他見我沒說話,有些歉然的說:「抱歉,我一直醉心於心理學,腦子裡盡是一些奇怪的想法,你別見笑。」

是這樣嗎?可是他笑起來好真誠,不像在開玩笑。

自小,我是在父母遺棄的陰影下長大,我深信每個人心裡都有一塊不想被別人碰到的隱密之地。可是伍邵凱卻毫不忌諱的跟一個剛認識的人分享自己內心的想法,他率直的性子讓我既羨慕又欽佩。

「沒關係,每個人心裡都住著一個信仰,而那個信仰是支撐我們勇往直前,不向命運低頭的骨架。」不知不覺，我也吐露出自己的想法。

「哇，你的話很深奧咧，哈哈哈……」

「彼此彼此啦。」我笑了。

「我相信我們一定能成為好朋友的！」

「嗯，一定可以。」

真好，能在陌生的地方遇見貴人。這樣一來，我一定能一掃昨天的霉運，在全新的一天迎來好運。希望接下來能順利處理完繁雜的瑣事，好好收拾心情，盡情享受大學生涯和打聽到我媽的下落。

待伍邵凱把機車停好之後，我連校舍都還來不及好好看一眼，就與伍邵凱分道揚鑣，各忙各的。等報到完後，我才發現自己忘了向伍邵凱道謝。可是來到他剛才停放機車的位子時，那輛送過我一程的野狼已經不見了。

看來某人比我還忙呀！沒關係，反正又不是不知道他讀的科系，來日方長，我們一定還會在校園裡碰面的。

走出校門口，我撥了安律師的手機，因為他前天說還有一個我爸留下來的公文袋忘了交給我，要我抵達後儘快跟他取得聯繫。

電話撥通後，他看在我初來這裡報到的分上，要我留在校門口等他，他會親自開車過來接我。

十五分鐘後，他已經驅車出現在校門口的馬路旁，還開了車門邀我上車。

雖然安律師已經步入了中年，但我從沒質疑過他的辦事效率。他之前為了我爸遺囑的事，不惜親自南下打聽我的下落。只花一天時間就找到了孤兒院院長，且在院長的協助下聯絡上我。

「元澍，終於又見面了，歡迎你來到A市。」他嚴肅的臉上漾著一絲笑意。

「安律師，你好。」上車之後，我禮貌的打招呼。

「我們找間咖啡廳坐下來慢慢談好嗎？」他在徵求我的意見。

「我沒問題。」只要他方便就好，我沒關係。律師不都是很忙的嗎？我哪敢耽擱他太多時間。

他點點頭，轉入了附近的商業中心，帶我來到一家格調不錯的咖啡廳。

我們點了飲料，把菜單還給服務生之後，安律師馬上拿出一個公文袋，說：「除了之前給你的那些遺產的文件以外，元先生還留下了這個公文袋給你。」他把東西遞給我。

我接過公文袋，不曉得該不該直接打開來看。

「這些應該是元先生留給你的私人物品，你不必急著打開來看。」他笑笑。

「嗯。」我握緊那個褐色的公文袋，很輕，裡面大概是文件之類的東西吧？

「關於你父親的事，你還有什麼想問的嗎？」他像個慈父般注視著我，眼裡包含了耐性和同情心。

上次他南下找我的時候，由於他帶來了令我震撼萬分的消息——我有爸爸，但他已經死了——當時心亂如麻的我只想好好釐清腦海裡的思緒和內心澎湃洶湧的情緒，所以從沒想過要向他問起關於我爸的事情。

經過一段時間的沉澱和冷靜以後，我才發現自己無論對於爸的事或他的死，都有太多太多的疑問了。

「安律師，請問你認識我爸多久了？」我拋出心中醞釀已久的問題。

「真正認識你父親，應該只有五、六年。」他從容的回答。

「那麼我爸的事，你一定很清楚吧？」

「還好。我們是大學同學，前幾年才重逢。在重逢之前，我對你父親的事一無所知，畢竟大學時代我們的關係只是一般。」他的表情很認真，「你想知道些什麼事呢？」

「請問你認識我母親嗎？你知道她在哪裡嗎？」

「不認識。」他搖搖頭，「我認識你父親的時候，他已經跟你母親離婚了。據說他們結婚不到兩年就申請離婚了。」

「因為這樣，他們才把我丟棄在孤兒院嗎？」我難過的低下頭。再怎麼說我也是他們兒子啊，他們居然選擇放棄撫養我，害我成了孤兒。

「具體的情況我不是很清楚，你父親生前沒跟我聊起自己的私事。所以關於你母親的事，抱歉我幫不到你。」他歉然一笑。

「對了，請問你知不知道我爸為什麼會自殺？」我忽然想起什麼似的問。

「他留下了一封簡單的遺書。」

「遺書上面有提到什麼嗎？」我有些緊張的問。

安律師輕輕搖頭，說：「只是說他對這個世界已經沒有任何眷戀了。」

「就這樣？」這未免太簡單了吧？

第一次看見這麼懶惰的自殺者，老爸，你是存心想氣死我吧？

「如果你想看那封遺書，我可以透過正常程序，以你的名義向警方申請取回它。之前警方調查你父親自殺的案子時，把那封遺書帶走了。從申請到取回遺書，需要耗費一段時間，可能沒那麼快。」

「沒關係，到時候你再聯絡我。」反正只有簡單的幾個字，拿不拿回來根本就不重要。

說到我爸自殺的事，他忍不住嘆了一口氣，「這件事太突然了，不過人們不也常說嗎?世事難以預料、人心難測，但我沒想到連你父親也……唉……」

他喝了一口服務生端來的咖啡，繼續說：「他在臥室燒炭自殺，書桌上留下了遺書，所以警方已將你父親的死列為自殺案處理。」

我沉默片刻，以消化安律師的話。

奇怪，如果爸在房間自殺，為什麼那個跟他同住的助理卻沒發現?

不過，這疑問才過了三秒鐘就已經被我推翻了。有自殺念頭的人，當然不會跑去公告天下，宣布他要自殺的傻舉，而是選擇一個最適當的時機，在神不知鬼不覺下了斷自己的生命。

我因為懷疑那個紅眸少年跟我爸的死有關而內疚了幾秒鐘。

原本想詢問安律師知不知道我爸的助理目前正跟我同住於一個屋簷下，但想了一會兒，安律師只是受我爸委託處理他遺囑的事，其他事大概也不怎麼清楚。

對了，差點忘了一件最重要的事!

「安律師，請問你知不知道我爸為什麼要留下這筆遺產給我?」

「大概三年前，你父親在我面前立下這份遺囑時，我也問了他為什麼當初決定棄養你，又要把遺產留給你？他回答說，只是想給你一點補償。」

補償？在我變成孤兒之後所承受的那些委屈和孤獨，他打算以這些東西來抵銷？哼，我應該要很有骨氣的站起身向安律師說「抱歉，我不稀罕！」或「我自己有手有腳，還怕餓死不成！」等氣話，可是很抱歉，我只是一名沒有經濟能力的窮學生。

再說，我初來乍到，有很多事情尚未安定下來，要如何解決爸遺產的問題，還是遲些再想吧。我現在只想好好回去補個眠，順便向那個紅眸少年瞭解更多關於爸偵探社的事。

其實剛才在校門口等安律師時，我已經大概想過了。要是偵探社就只有那少年一個員工，這很容易解決啊，大不了叫他自己出去自立門戶，我每個月就能省下他的薪資，說不定還能打發他搬走。

說實在，那個冷冰冰的傢伙很難讓人對他產生好感，我可不想被他淡漠的態度氣得英年早逝。不過，如果對象是伍邵凱的話，那就另當別論了。

※　…　※　…　※　…　※

離開咖啡廳之後，我婉拒了安律師想要送我一程的好意，正想準備轉身叫計程車時，迎面突然撞來一個男人。

「哇——」感覺鼻子傳來一陣劇痛，溫熱的液體開始放肆的從鼻孔溢出。

「喂！走路不長眼睛啊！」出奇不意下被撞得跌坐於地的我摀著吃痛的鼻子，連聲音都明顯帶著哭腔。好遜，人家一流眼淚，聲音就會變哽咽啊。

「喂，小朋友，你沒事吧？」

耳邊傳來了女生溫柔的聲音，有效削減我臉上的疼痛，可是……

小、朋、友？！啊妳眼睛瞎掉啊？我是個已經成年的美少年了好不好！

有些生氣的抬起頭，我很慶幸自己沒把那些罵人的話吼出口。

眼前是個眼睛大大、長髮披肩，像個少女漫畫主角的漂亮女生！囧，A市是出產美女的地方吧？老爸當初應該把我留在這邊的孤兒院才對啊！丟在那個鳥不生蛋的南部，害我到現在都交不到女朋友！

在我咕噥之際，美女有些焦慮的看著剛才那個渾蛋離開的方向，對，就是那個把我撞倒的死傢伙。

「你在這裡等一等，我去去就回來。」說完，不等我回答，美女頭也不回起身跑遠了。

這美女身穿緊身背心，外加一件黑色夾克，下半身裹在一條黑色緊身褲裡，身材好看得不得了……糟了，鼻子的出血量好像增加了。

瞧她那副匆匆忙忙的模樣，大概是被人扒了手提袋吧？

哼，原來那死傢伙是個人人喊打的匪徒！

要是她一個不小心追上了匪徒，說不定對方發難起來，她很有可能會被打傷。若對方是個變態狂徒，甚至還會拿出美工刀劃傷她那張白皙光滑的瓜子臉吧？

看樣子，我元澍英雄救美的時刻到了，練了這麼多年的防身術，總算能好好用上一回了。

隨手抹去兩行鼻血，我也趕緊跳起身追向那個美女剛才離開的方向。

美女的速度很快，轉眼間已逼近了那個該死的、撞痛我鼻子的臭男人。連我這個已火力全開的人都無法超越她，我不禁懷疑她是長跑健將，甚至是奧運會的金牌得主！

離開吵雜的商業區，眼前的男女一前一後拐進了有些偏僻的住宅區。

這裡的地勢高低不一，路線複雜不容易辨認。我擔心一旦掉隊就再也拐不出去，視線一直小心翼翼的緊咬著他們不放。

經過一棟看起來有些陳舊的公寓時，男人居然把心一橫，沿著樓梯直接跑上了天臺。

這棟舊式的公寓不到十層樓高，看得出來已經有些年代，樓梯採開放式的設計建在公寓外。

眼前的美女臉不紅氣不喘的緊追在後，我開始佩服起她的毅力，對她的好感又增添了幾分。

來到了公寓頂樓，男人一邊喘著氣，一邊像隻無頭蒼蠅般沿著頂樓的各個角落亂跑，大概在尋找逃生梯之類的東西吧？

嘖，明知道爬上這裡就是死路一條，這男人也真是有夠笨的。他以為自己有翅膀不成？

爬完最後一層階梯，美女一腳踩在頂樓的地面上，堵住了唯一的出口。

我停留在美女身後約三步距離的階梯上，有些緊張的打量著男人的反應。眼見後有追兵，而前方再也無路可逃時，他神色慌張的回過頭來，瞪著剛跑來的美女。

「妳、妳別過來啊！我會跳下去喔！」他腳步不停的挪向建築物邊緣。

「那你就跳啊，反正死了也沒差，那些債就跟你家人要好了。」甩了甩那頭黑色的直長髮，她環抱著胸，似笑非笑的看著他。

嗄？原來那傢伙欠了美女的錢喔？

我把目光轉向那個氣喘吁吁的男人，他頭戴鴨舌帽，身穿一件圓領T恤，滿臉鬍碴，看起來不修邊幅，邋裡邋遢的真難看。

「妳這臭婊子，給我去死啦！」不曉得是否被美女的話激怒了，男人突然發難，從身上抽出一把刀子直衝向她這邊。

在我以為那美女會抱著頭轉身逃跑，然後剛好撞進我懷抱時，她卻高傲的嗤笑一聲，然後迎上了對方的攻勢。

喂，她是不是不要命了啊？

我魂飛魄散的衝上頂樓，正想趨前幫忙時，她竟直接扣住男人握著刀子的手腕，刀子馬上「匡啷」一聲掉在她腳邊。

緊接著又傳來一記清脆的聲響，那個人立即面帶痛苦的握著已變形的手腕，倒在地面上哀號。

美女抬腳一踢，刀子馬上應聲掉到樓下……

希望別插在樓下某個倒楣鬼的頭上才好。

我目瞪口呆的看著這一幕。

「啊，小朋友。」一轉身，美女彷彿也看到了我，立刻斂起對付那個男人時冷若冰霜的表情，漾著溫和的笑意跟我打招呼。

在看清我身高時，她愣了那麼一下下，「啊，抱歉，剛才看你坐在地上哭，還以為你是小朋友。你的鼻子沒事吧？」

我要強調，我沒哭！

美女來到我面前時，我發現她長得很高，起碼有一百八的身高，只比我矮了幾公分而已。難怪我會被她誤以為是小朋友。

算了，既然人家都已經道歉了，我不跟她計較就是。是男人的話，心胸別那麼窄嘛！

「呃，沒什麼大礙啦。」我連忙擺擺手，想要表現出大男人的模樣。

「喏，面紙。」她細心的掏出面紙遞給我。

道過謝，我馬上把已經停止流血的鼻孔和下巴擦乾淨。

「對了，你怎麼追來了？你還是個高中生吧？下次遇到這種事，一定要閃得遠遠的，知道嗎？」

她居然把我當成弱不禁風的高中生？我心裡有點不高興，卻又捨不得對美女發脾氣，只好假意轉換話題：「那個……」

正想弄清楚她為何追了這男人九條街，還說出那些像是追債混混才會說出口的話時，身後突然傳來了紊亂的腳步聲。

不一會兒，幾個穿著時髦的男人七喘八喘跑了上來。

「靠你們的話，人早就不知道跑去哪裡了，快押回去。」美女站直身體，聲音充滿了威嚴。

那幾個傢伙不敢怠慢，立刻七手八腳把那個哀哀叫的男人弄走。

「沒事趕快回家去吧，我先走了。」說完揮了揮手，美女也跟著那群男人離開了。

一轉身，我看見她走路一拐一拐的。

「妳的腳……」是不是受傷了？

說話時，我目光不由自主的看向她的小腿。乍看之下，才驚覺她竟穿了雙鞋跟又細又高的靴子。

左邊的鞋跟搖搖欲墜，是斷了吧？

拜託，那鞋跟少說也有十吋、八吋吧？穿那麼高的鞋子追人，不摔死已經很不錯了。

「哈哈哈，剛才跑得太急，鞋跟都踩斷了。」直接踢掉要斷不斷的鞋跟，她倒沒那麼在意，「放心啦，我車上有備用的鞋子。」

眼睜睜看著他們離開大廈，踏上一輛黑色車子離開後，我才驚覺自己忘了問她名字！

「啊——」抱著頭，有種很想從這裡跳下去的衝動。

還有，我不知道要怎樣離開這地方啊……

·第三章·

捲入命案

我好想讓更濃烈的血腥味圍繞著我的感官，

彷彿只有鮮血的味道才能滿足我體內壓抑已久的渴望……

為了省下一半的車資，我選擇在昨晚那個地方下車。計程車司機因為不必多繞一個大圈，收錢時送了我一個大大的微笑。

什麼嘛，我對於美女的笑容比較有興趣，男人的笑臉只會害我做惡夢。

一腳踩在人行道上，我直接伸了個懶腰。

累啊！剛才在那個鮮少人煙的地方繞了快要半個鐘頭，才找到大路，攔了輛計程車回家，還花了我不少車費，可惡！

現在我只想趕快回家補個眠，睡個好覺。

我沿著有些熟悉的路線，很快來到了昨晚那排經營酒廊和舞廳的店鋪。

奇怪，商店的最角落圍了一群人，他們紛紛注視著店鋪的後方，拉長脖子不知道在等什麼，好像隨時有人要出來派錢的樣子。

我身上的睡蟲很快就被好奇心打敗，一小步一小步的來到了人群後面。

這時候，我才發現從這裡直走下去，前面有一條看起來頗骯髒的巷子，裡面還有很多巷弄，但左右兩旁堆滿了垃圾，非常不衛生。

前方五十公尺距離的地方被牽起了警戒線，警戒線後面有很多身穿警察制服的人來回走動著。

咦？到底發生了什麼事？

「據說死得很慘，頭皮被削了一大半，半粒腦袋露在外面。」

「喉嚨也被割破了。」

「到底是誰這樣狠心呀？現在的社會真是太可怕了。」

「會是黑道尋仇嗎？我聽說死的人也是個小混混。」

前面的人你一言我一語討論著可怕的事實。

意識告訴我，這裡他媽的有人被殺了！

真倒楣啊，這裡是我每天坐車回來時的必經之路啊，要是三更半夜看到一個腦袋外掛的鬼魂在這裡徘徊的話……

「呸呸呸！自己嚇自己！」我拚命把剛才的想法甩出腦海，正想轉身離開時，赫然發現巷子裡出現了一抹熟悉的身影。

咦？是那個貓男！

他跟一名看上去年約二十幾歲的男人站得很近，兩人臉上的表情凝重，看起來像在討論什麼要事似的。

面對別人時，他也是一副撲克臉，彷彿女朋友被對方搶走似的。

想了想，還是別去管別人的事，我自己也有一堆煩不完的事情，已經夠忙了。

對了，等一下那個傢伙回家時，還得找他商量偵探社的事。說穿了，我就是想把他趕出爸的房子！

在我猶豫著該不該轉身離開時，那張撲克臉忽然抬起頭來跟我四目相對，我怔了怔，才發現自己在想著事情時一直盯著他看。

我有些失措的斂回目光，扭頭離開。

「前面的那位少年！站著別動！」

走沒幾步，後面忽然響起了陌生的叫聲。既然是陌生的聲音，肯定不是在叫我。

我不去理會後面傳來的喧譁聲，把雙手伸進褲袋裡，邊走邊想著家裡那張柔軟舒適的大床。

可是，我的肩膀卻被人一把抓住了。

換作平時，我老早就一個手刀劈向身後那個「偷襲」我的人。

但我遲疑了，因為對方正是那個剛剛跟貓男咬耳朵的年輕人。

「先生，我好像不認識你。」我心想他大概是認錯人了。

可是他居然滿不在乎的說：「是誰說犯人一定要認識警官的？」語氣傲慢得讓人很想揍他一頓，再把他掛在樹上給烏鴉當食物。

「犯人？」我感到莫名其妙。

「跟我回去警局協助調查，有目擊者見過你跟本案死者起衝突。」他捉住我肩膀上的布料，一副不容我抗拒的模樣。

「喂，我根本就不認識你！」你到底在說什麼鬼話呀？

我正想把這個目中無人的傢伙轟走時，他從身上拿出了一個我看不懂的證件說：「我是警察，現在懷疑你跟巷弄裡的殺人事件有關，我要扣留你！」

開玩笑！我什麼時候變成了殺人犯？！

就在此時，那個貓男正舉步走向我，眼裡依舊帶著慵懶的神情，像是寵物走到主人身邊時的悠哉模樣。

「顧宇憂，你真的沒認錯人吧？昨晚跟那個死者起衝突的，就是這個小子吧？」那個警官對著貓男說。

竟敢叫我小子？！我在心裡罵了句髒話。

不過，我驚訝於那個叫顧宇憂的貓男為啥會說我昨晚跟那個死掉的人起衝突，我他媽的根本不知道巷弄裡那個死掉的傢伙是誰啊！

「喂，顧宇憂，你什麼意思？」我沉住氣問他。

顧宇憂這名字真的很拗口，就跟他的行為、性格一樣讓人感到不自在。

「初步推測死者是在昨晚十一點至十二點之間死亡。你跟他發生肢體衝突時剛好是昨晚十點多，而你十二點多才回到家。你跟他起衝突之後，因為心有不甘而趁他落單時殺了他，這就是你的殺人動機。」

他所說的每一個句子都是肯定句，他憑什麼這麼肯定啊？

「喂！你別胡說八道！一定是你不滿我繼承了我爸的房子，才會千方百計想把我弄走吧？」我氣得掐緊拳頭。

「那你告訴我，昨晚明明就在附近而已，為什麼在外面晃了這麼久才回家？這裡既沒有商場也沒有遊樂場，而且你回家後看起來好像打了一場仗似的，累得快虛脫了。」他懶懶的看著我。

喂，我像是會去遊樂場玩樂的孩子嗎？像是會去商場血拚的女生嗎？

「那是因為我迷路了啊！我找了很久，才找到回家的路！」我沉住氣回答。

「你是三歲小孩子嗎？連迷路這種謊都說得出來。」顧宇憂毫不留情的反駁我。

那是因為我個性迷糊啦！要是當場說出來，不管是旁邊這個傲慢的警官還是貓男，鐵定會抱著肚子大笑特笑，甚至笑得在地上打滾，然後活該滾進水溝裡！

「那你能不能告訴我，到底是哪個傢伙死了還要拖我下水？」我很有信心，自己一定不認識那個死掉的傢伙。

「A市黑道頭子的兒子戴亞金，他昨天還勒住了你衣領，你沒理由這麼快就把他忘得一乾二淨吧？」顧宇憂冷峻的左眼直盯著我瞧。

勒住……我衣領的人？不就是那個金髮青年？

什麼？！他已經死了？該不會是被我嚇死的吧？

不對不對，剛才圍觀的人明明說他頭皮被人削了一大半，連腦袋都跑出來了，還被割斷了喉嚨。被嚇死頂多只是破膽而已。

「喂，顧宇憂，你認識他？」被晾在一旁的警官被我和顧宇憂一來一往的對話弄糊塗了。

「他是元先生失散多年的兒子元澍。」他淡淡的介紹。

拜託才不是失散咧，是爸拋棄了我！

「元偵探的兒子？」他面帶驚訝的看著我，半晌才回過神來，「嘖，元偵探在天之靈要怎樣安息呀？兒子居然是殺人犯……」

「喂！我才不是殺人犯！」我生氣的打斷他，再瞪著顧宇憂。

都是顧宇憂不好啦，他把那個金髮青年的死賴在我頭上，到底想怎樣啦？

「是是是！天底下哪有人會承認自己是壞人呀？」他露出了輕蔑的笑意。

哼！死警官！

「有什麼話等回到警局再說！」他勾住我肩膀，越過那些圍觀的人潮，不知想把我帶去哪裡。臨走前，他還轉頭對顧宇憂說：「你也一起去警局做筆錄吧！」

顧宇憂沒回答，他聳了聳肩，往另一邊走去。

喂！我到底招誰惹誰了啊？我只是想回家補眠而已，幹嘛老天要跟我開這種玩笑啊？

我連反抗的力氣都被抽光了，只能無力的被那個臭警官拖著走，一邊回頭瞪著顧宇憂的側臉。

「你給我在這裡好好待著！千萬別想逃走！」把我塞進了警車裡，那個臭警官還用中指戳了戳我額頭做出警告，才轉向車裡的兩個同僚說：「好好看住他！他是這案子的重要嫌疑犯。」還特地著重「嫌疑犯」這三個字，氣死我了！

「是！嚴警官！」

坐在座椅上，我倒是開始冷靜下來。反正再怎麼生氣也無法改變現有的情況，我只好把那些負面情緒拋進垃圾桶裡銷毀。

目送那個叫嚴警官的死警察離開以後，百般無聊的我開始留意起車窗外的情況。忽然，我看見顧宇憂站在一個人們看不見的角落裡，冷峻的眼神直盯著一個黑色袋子瞧。

是我看錯了嗎？袋子裡好像冒起了淡淡的白煙，再漸漸的沒入了顧宇憂的額間。

我用力揉了揉眼睛，發現顧宇憂已若無其事的離開剛才那地方。

他、他到底在幹什麼？

那白煙，只是我一時眼花而出現的幻影嗎？

「喂，你看起來很小耶，還是高中生？」其中一個警察大概是悶壞了——還是八卦？竟然開口跟我聊天。

「我已經是大學生了！」腦子裡仍在想著剛才那個詭異畫面的我，心不在焉的回答他。

「噢，看不出來耶，你今天沒課嗎？」他訕訕的笑了兩聲。

「那是什麼？」我不去理會他的問題，指著顧宇憂剛剛離開的地方問。

「噢，那是專門運送屍體的黑車。看見上面那個黑色的袋子了嗎？昨晚在巷弄裡被人殺死的傢伙就躺在裡面。」

黑車？屍體？我因為那個警察的話而震驚不已。

那麼剛剛顧宇憂在對那個已經死掉的傢伙做了什麼？

※　…　※　…　※　…　※

被嚴警官帶進警局的我只來得及掃了那些身穿制服的警察一眼，就被警局裡的吵雜聲吸走了注意力。

約四、五名哭喪著臉，像是死了父母的青年從局裡一條窄小的走廊走出來，身後還跟了兩名看起來很年輕的警察。

呃，這些臉上都有明顯瘀青的人看起來都很面善，是因為他們擁有一張大眾臉嗎？

「嚇？妖、妖怪！一定是這個妖怪殺死我們大哥的！」其中一名青年竟指著我的方向大聲叫喊，一副見到鬼的樣子。

「啊？就、就是他！即使他整過容我也可以認出來！」

「就是！你們一定要判他死刑！不然我們大哥一定會死不瞑目的！」

「嗚……我們大哥連女生的手都還沒牽過，還是個處男，結果就這樣死翹翹了，他一定抱憾終身……」

眼前的青年一把鼻涕一把眼淚哭了起來，滑稽的樣子讓人忍不住想笑出聲來。

我也終於想起來了，他們臉上的那些瘀青是我趁他們倒地不起時親「腳」烙上去的，還不小心踩斷了兩、三個人的鼻梁。

「警官！我們身上的傷也是他造成的！我挺直的鼻梁就這樣硬生生被他踢斷了，痛死人了！」

「對啊！你們一定要把他關起來，別再讓他出來害人了！」

「這些人都是被你打傷的？」那個全名叫嚴克奇的警官目瞪口呆的看著我。

哼，總算知道我的厲害了吧？之前還一副狗眼看人低的嘴臉。

剛才在前往警局的路上，車內熱情聒噪的警察一提起嚴克奇就讚不絕口。

他父親是個很了不起的警官，據說職位滿高的。而在各方面都表現出色、屢破大案的嚴克奇，在短短幾年內就攀上了警官的位子，跟昔日的父親一樣受人敬仰。

即便嚴克奇是個很有成就的警官，可是我對他這種態度高傲的人沒什麼好感。

「我已經手下留情了，誰叫他們以多欺少，無恥！」我面帶不屑的別過頭去。

「警官，你們要小心一點，他根本就不是人！他只是彈了幾塊石頭過來，我們全都倒在地上了，真是他媽的見鬼了！」

「我的老二到現在還很痛！」那個小鳥被射中的男子罵得最大聲。

「所以他一定是用了什麼妖術來害死我們大哥的！嗚……大哥你死得好慘啊！」那群青年又發出了可笑的哭喊聲。

都已經幾歲了還哭哭啼啼的，到底煩不煩啊？

「全都別吵！都已經做完筆錄了嗎？做完就馬上給我滾，別妨礙警方工作！」嚴克奇有些頭痛的按著太陽穴，叫手下把那些吵死人的傢伙轟出警局。

沒兩下子，警局裡終於恢復安靜，只剩下警察敲打電腦鍵盤的聲音。

「嘖，看你年紀輕輕一副好學生的樣子，怎麼會跟那些流氓槓上呢？」嚴克奇搖了搖頭，一臉惋惜。

無緣無故被捲入殺人事件，我已經夠煩了，拜託你別再做無謂的猜測了好不好？

「帶他進去二號偵訊室，我要親自跟他做筆錄！」

我有些煩躁的轉過身，跟著警察踏上剛才那條窄小的走廊。

轉身之際，我發現身後的顧宇憂正皺起眉頭看著我。

嘿嘿，他大概也被我的「豐功偉績」嚇壞了吧？

我向他拋以一個「怕了吧」的眼神——看你以後還敢不敢陷害我，最好能順便乖乖的搬出我爸的房子，那裡不歡迎你！

哼，這就叫他不仁我不義，誰叫他陷害我，我已經被他惹惱了！等這裡的麻煩搞定以後，我一定會毫不留情的拿起掃帚把他趕出我爸的房子甚至偵探社！

以前孤兒院院長跟我說過清者自清，沒做壞事的人，根本就不必懼怕任何事。

沒錯，現在我要把那四個字贈給顧宇憂，願惡魔保佑他！

……汗，我竟然學伍部凱說話！

如果這世上真的有惡魔，我一定要他讓顧宇憂從我面前消失！

在嚴克奇面前，我把自己從南部來到北部A市的前因後果，以及昨晚的遭遇一五一十說出來，沒有半句謊言。

被折騰了將近兩個小時，在我以為自己可以順利返回家裡補眠時，嚴克奇卻以欠扁到不行的語氣對我說：「我們要繼續扣留你做深入的調查。」

啥？扣留？是要把我關在警局的意思嗎？

「喂，我只是個學生咧！況且我都已經把事實全說出來了！」我很火大，但我克制住想翻桌的衝動。

「我還管你是總統的兒子！」

我捲起衣袖，正想跟他爭辯下去，不料旁邊的門被人推開了，一名警察探進了頭，喊了句：

「嚴警官，麻煩您出來一下！」

「你給我乖乖待在這裡！」他拍了我的頭一下，然後大搖大擺離開。

這是暴力啊，死警察！

過沒多久，嚴克奇踩著沉重的步伐，臉色不太好看的回到房裡，向我揮揮手說：「你可以走了。」

「嗄？」剛才明明還說要繼續扣留我的人，現在居然跟我說可以走了？

「我是說，你已經可以走了！不過我們將隨時傳召你回來協助調查，明白了嗎？」他合起桌上的文件夾，率先離開房間。

「喂！」我追上前去。

「怎麼？你好像很捨不得這裡？」他皺起眉頭，轉過身來面對著我。

「為什麼？是不是捉到凶手了？」是的話，我倒很想看看那個害我差點被標籤成殺人犯的真凶長得什麼樣子。

可以的話，順便給我揍個兩拳洩憤。

「因為有證人目睹你從案發地點的反方向離開了。再說，事發時有人看見一個可疑的女子從巷子裡走出來。」他故意湊近我，打量我那引以為傲的深刻五官，繼續說：「但你怎麼看都不像個女人。」

「喂！我是如假包換的男人！」我在心裡大罵一聲。

「也幸好你不是女人，所以你可以走了！」

「哼，都說了不是我幹的啦。」能討回清白我很高興，就不去計較嚴克奇那些無禮的話了。可是，他的眼神從沒離開我臉龐，我被他盯得皺起了眉頭，暗暗退了一步。

「你真的……長得很像元偵探。」過了好久，他才嘆了一口氣，說：「我在很小的時候就認識元偵探了，我非常尊敬他。他跟我爸是好朋友，二十多年來幫我爸破了不少奇案。在我就任期間，他也幫了我很多忙。剛才真的很抱歉，我以為你身為他兒子，竟做出殺人的事，沾汙了元偵探的形象，說話時才會處處針對你。」他難得在我面前露出笑容。

沒想到他的態度忽然來個一百八十度轉變，我杵在原地愣愣的看著他。

「你自己一個人的時候要小心一點，這裡是大城市，到處都是壞人。還有啊，要潔身自愛，別誤交損友，以免踏上不歸路。」

「呃，嚴警官……」原來他骨子裡是個好人，他的關心我照單全收，甚至想開口跟他說聲謝謝。

「叫我嚴克奇就好，我只不過大你幾歲而已。」他又笑了，還拿文件夾拍拍我的背，「以後有什麼問題，儘管來找我，我一定會罩著你的！喏，這是我的電話號碼，一定要記下來！」他遞了張紙條給我。

「好……剛才有冒犯的地方，也請你別放在心上。」我也斂起自己的臭脾氣，向他道歉。人家常說不打不相識，大概就是這個意思吧？

「知道了，趕快回家去吧！警局可不是什麼好地方。」他說完，轉身繼續往前走。

「謝謝你幫我洗脫罪名！」我追了上去，補上這一句。

「要謝就謝顧宇憂吧，那個證明你清白的證人，是他找出來的。」

「呃？」顧宇憂竟然幫我？打死我都不敢相信。

「沒錯，他是你父親的得力助手，頭腦聰明冷靜，你父親離開後，案件的事我都找他幫忙。別瞧他一副冷冰冰的樣子，其實他外冷內熱，是個很照顧人的大好人。好了，我們有空再聊吧，我還有很多後續的工作要忙呢。」揮揮手，他轉身拉開門走向走廊。

轉眼間，安靜的偵訊室就只剩下我一人。

嚴克奇的話，讓我不得不重新評估那個貓男。

只不過，要是顧宇憂真的像他說的那般好，昨晚就不會見我被這麼多人欺負都無動於衷了。所以我猜測他一定不怎麼喜歡我，再怎麼說我也是爸的親生兒子，而且是爸遺產的唯一受益人，他出手幫我，可能只是看在爸的分上吧？

……唉，好累，先回家去補眠要緊，這些事遲些再想吧。

「啊，對了。」剛剛退出去的人又突然折返回來，「雖然你有不在場證明，但好歹也是案件的嫌疑人，在我們逮捕到真凶之前，你必須乖乖配合我們的調查。還有……」邊說邊打開一份文件遞給我。

「在上面簽個名，就能離開了。」

巴不得能趕快離開這裡的我，連上面的文字都懶得讀，就簽下了署名，合上，再交回給眼前的嚴克奇。

「這飲料請你喝，就當作是見面禮吧。」接過文件，他又遞來一罐氣泡飲料。

我正口渴得緊，道了一聲謝，馬上拉開拉環，「咕嚕咕嚕」的喝了起來。

「往後日子，顧宇憂就是你的擔保人，也是負責幫我監視你的人了，所以你可別離他太遠。」他用文件拍了拍我肩膀，「只是程序上的需要而已，別放在心上。」

啥？那個顧宇憂竟成了我的……擔保人？！

「噗！」毫無預警下，嘴裡的飲料全噴到了嚴克奇臉上。

誰叫他剛才的話太勁爆了，居然要我寸步不離的跟在那座冰山身邊！我可不想被他那冷冰冰的視線給結成冰啊！

料。

「你……」他一臉愕然的看著我。

「啊，對不起！」我立刻放下飲料罐，想從身上掏出面紙替他擦去臉上那些混了我唾液的飲料。

人家常說，喝了別人的唾液，就會聽那個人的話，對他千依百順。

嚴克奇是長得很俊俏和年輕有為啦，但拜託我只喜歡美女。

掏了掏口袋，才發現自己根本就沒有隨身攜帶面紙的習慣，只好動手脫下身上的T恤。

嚴克奇驚恐萬分的挪後幾步，目瞪口呆瞪著我問：「你、你想幹嘛？」

「擦掉你臉上的飲料呀。」我可不想要你對我千依百順啊。

「不、不必了，我待會兒去洗手間洗把臉就行了。」他連忙制止我的脫衣秀。

「不行！」我很堅持。

「真的沒關係！」

不理會他的抗議，我踏前一步，卻一時大意撞向旁邊的桌子，同時左腳被桌腳勾住，整個人立刻重心不穩的撲向嚴克奇。

由於事情發生得太突然了，眼前的警官根來不及閃躲，整個人被我壓在地上。然後，桌面上傳來了奇怪的聲響，像是有東西在上面滾動似的。下一秒，有個飲料罐離開桌角掉向地面，不偏不倚打在某人的帥臉上。更多的飲料澆了他滿頭滿臉，罐子還在他額上撞出了一個包。

一時間，我們都忘了該如何反應，直到門扳被人推開，有個手裡抱著一堆文件的人探頭探腦的伸進頭來。

他好不容易才找到正以怪異姿勢倒在地上的我們。

「剛剛聽見有聲音所以進來看一下……呃，你們在幹嘛？」說話時，他眼睛直勾著我衣衫不整的上半身瞧。

該死的是，我看見他身後出現了一抹熟悉的身影，那個冷漠的紅眸少年……

幹！這輩子再也不喝氣泡飲料了！

我發誓！

※ … ※ … ※ … ※

垂頭喪氣踏出警局，上空的金色陽光瞬間被什麼擋住了，天地一片昏暗。

「元澍！」

身後有道腳步聲追隨著我，不用猜，一定是那個顧宇憂。

一想起偵訊室裡的那一幕，我就巴不得想找塊豆腐撞死算了。他追上前來，一定是想要調侃我幾句吧？耳根子依然在燒得通紅的我，趕緊加快腳步遠離他。

「元澍，停下來！你要去哪裡？」見我越跑越快，他加重了語氣質問我。

「去哪裡都不關你的事啦！」我煩躁的丟下這些話。

「我是你的擔保人，況且嚴克奇說你不能離我太遠。」

說話時，顧宇憂還緊跟在我後頭，煩死了。

「我在這裡人生地不熟，還能去哪裡？當然是回家啊。放心啦，我不會亂跑給你添麻煩的！」拜託你別再跟著我了啦！感覺一看到你，就會發生倒楣的事。

可不是嗎？不管是昨晚在夜店外被戴亞金找麻煩、下午在巷子外被嚴克奇誤以為是殺人凶手，還是剛剛飲料的事……吼～總之你一出現準沒好事就對了！

「回家的話，那就沒問題，不過你要答應我別一個人離開家裡。就這樣，你自己小心點。」

留下這些話，身後的腳步聲開始漸行漸遠。

悄悄轉過頭，我發現顧宇憂正朝反方向走去。

欸，他就這樣離開了嗎？我還以為要跟他耗上好些時候才能徹底擺脫他呢。

鬆了一口氣，我放緩腳步走向旁邊的人行道。

不過，一想起自己短期內可能沒辦法擺脫這個貓男，心裡就很不爽。把他趕出老爸房子或偵探社的事，想來也只能無限期押後了。

納悶的踢著地上的小石子，我在心裡默默祈禱：死凶手，最好趕快給我乖乖滾出來！戴亞金，你在天之靈也別偷懶，早日幫忙警方破案啊！

遠處傳來了隆隆的雷聲。

不會這麼巧吧？又要下雨了？為什麼院長沒告訴我這裡每天都會下雨啊！現在明明是熱情奔放的夏天，是適合去海邊的季節啊！

「老天爺，你還嫌我今天不夠倒楣嗎？」我哀號。

抱著頭，我有很不好的預感，今天的歸家之途有可能會受到阻礙！

都是顧宇憂不好啦！要不是他在嚴克奇面前誣賴我，現在我早已經在舒服的大床上睡得天昏地暗了，根本不需要在這個天昏地暗的街上等著變成落湯雞！

我匆匆走到大馬路邊準備叫車，可是這裡沒什麼車子經過，已疲憊不堪的我索性坐在路邊休息、打盹。

看來我得儘快把A市的地圖弄到手，然後再買一輛機車好好熟悉這裡的環境才行，不然老是要坐計程車也不是辦法，要知道我可是個窮學生啊。接下來，我也必須好好找份工作賺取生活費。雖然說老爸留了一筆錢給我，但我始終無法認同他二度拋棄我：把我棄於孤兒院和自殺。

唉，等事情弄清楚了，再來考慮要不要用他的錢吧。

咦？對了！安律師不是給了我一個公文袋嗎？說不定裡面有他留給我的……遺書？

懷著希望，我就在馬路邊打開那個公文袋，發現裡面有三幅畫。

「畫？！」我傻眼了。

其中一張畫，背景是個美麗的庭院，一個年輕女人手上抱著一個嗷嗷待哺的嬰兒坐在一張長凳上，一旁的丈夫體貼的拿著手巾替她拭汗。

另一張畫，是個身後長著黑色羽翼的……惡魔？那惡魔擁有著如同一堆黑煙、看起來不太真實的身體、紅色眼睛，額上有一對角。畫的旁邊還附上了一行字：「每個人心靈裡都住著一個惡魔……」

如果說這些畫全是出自我爸手筆，那麼我可以把那張全家福解讀成他想把當年的天倫之樂定格在一幅畫裡頭。可是那張惡魔的畫像呢？他想要表達些什麼？他該不會跟伍邵凱一樣很喜歡或崇拜惡魔吧？

咦？等等，惡魔……

我記得昨天不小心在計程車上睡著時，做了一個很奇怪的夢。

個人心靈裡
都住著一個惡魔

那個口口聲聲喚我兒子的黑影、那些黑色碎片在消失前出現了類似翅膀的形狀……黑色的翅膀，難道是惡魔的羽翼？

惡魔身後，不都掛著一對黑翼嗎？是嗎？是嗎？

可是那黑影跟我說過的話都很奇怪，什麼叫我別殺人、要記住自己名字，莫名其妙的。

不管了，先看看最後一張畫是什麼吧。

「就是那個小子！老大已經下令一定要把他帶回去，反抗的話就格殺勿論！」

耳邊忽然傳來了難聽的叱喝聲，打斷了我欣賞畫像的雅致。抬起頭，我發現一群長相比昨天那群青年還要凶殘的人正從兩輛黑色車子內跳下來，然後朝我飛奔過來。

該不會是那群打輸我的青年找來的幫手吧？他們看起來比昨天那群人可怕多了，簡直就像一群看見獵物的飢餓豹子，一心只想把眼前的獵物撲倒後撕裂和生吞活剝。

正好！現在的我滿腹怨氣無處可發，有人自願成為沙包讓我發洩，我樂意至極！

「喝——」我氣勢不輸人的大叫一聲，化身為雷電疾步衝向人群，當場就踢飛了兩個人。其他人愣了一下，又繼續大叫著撲到我身上來，一些人還倒回去車上拿了棒球棍和鐵條等武器前來迎戰。

哼，有膽識！換成昨天那班沒用的小混混，早就跪在地上求饒或拔腿逃走了。

我無畏的跟他們正面交鋒，把每一個人當成布偶般揍飛出去。

「轟隆隆！」

就在我打得興起時，天空忽然響起了一陣雷聲，周圍頓時下起了傾盆大雨。雖然雨水模糊了我的視線，但我身體的速度不減反增。

最討厭淋雨了，我打算儘快解決這些礙事之徒，趕快回家洗澡睡覺！

唉，現在這年頭，一離開家裡就變得很沒安全感，沒事還是躲在家裡當宅男好了。

不出五分鐘，那些沙包已經躺下了一半。

「還有十個！」我一邊迎戰，一邊在心裡倒數剩下來的人頭。

我持續揮動拳頭，手腳並用的中斷他們的攻擊。在地上哀哀叫的聲音越來越多，我的拳頭並未因為雨水的肆虐而變慢，但全身濕淋淋的感覺一點也不好受。

我加速拳頭的力道，眼前幾個草包傢伙頓時飛到了馬路上，差點就被路過的車子輾過去。雖然撿回了性命，卻也嚇得當場撒尿了。

「還有兩個！」沒錯，再解決剩下的兩個傢伙，我就能離開這個濕漉漉的鬼地方了，我的大床啊……

「砰！」

一聲巨響忽然在我耳邊炸開，我的左肩頓時傳來一陣劇痛。我遲疑了一下，臉上頓時挨了重重的一拳，整個人摔倒於路邊的草地上。

地面上的積水濺了我一身。我能感覺溫熱的鮮血不停從我受傷的地方狂湧而出，瞬間已染溼了我的肩頭……不好了，我左手完全使不出力氣來！

那些混蛋該不會是打不贏我，卑鄙的向我開槍吧？哼！在暗處偷襲人，算什麼英雄好漢啊！

我頓時又氣又急。

後腦傳來了一陣強勁的力道，不知是哪個傢伙趁人之危，竟然踩住了我的頭！

「哼，果然很會打，不過還是快不過我的子彈，哈哈哈……怎麼了？不過才一槍而已，就已經不行了？」

你他媽的給我射一槍看看啊！

我臉部朝下，可惡！完全看不到那隻臭腳的主人！

我眼角餘光瞄到一旁，原本那些被我揍到倒地的傢伙已一個接一個爬起身，走過來把我團團圍住，口中罵聲不斷，感覺是不把我狠狠揍一頓洩憤就很不甘心的模樣。

突然，頭髮被一隻強而有力的手扯住了，硬是要我抬起頭來。

「長得倒是不錯看啦，叫老大把他買去牛郎店，說不定能幫我們賺很多錢呢，哈哈哈哈……」

「喂，他是害死少爺的人咧！老大是打算把他帶回去凌虐，再把他丟進海裡餵鯊魚的咧！」

什麼牛郎店什麼凌虐！我怎麼可能會任人擺布！

看樣子，他們一定跟那個死掉的金髮青年有關，可是殺死那個窩囊廢的另有其人啊！

我的肩膀痛得要命，我的心情也壞到了極點。我為什麼會莫名其妙跟這起命案扯上關係，還莫名其妙被揍和被人開槍啊？！

我氣瘋了，用盡力氣撞開那個踩髒我帥氣頭髮的傢伙，然後一腳踢飛那個扯痛我頭皮的人。其他人見狀先是嚇了一跳，隨即又湧上前來想要制服我。被我撞開的傢伙也同時舉起手槍，又想朝向我開槍。

「混蛋！又想在我身上開洞！現在來看看是你的子彈快，還是我的拳頭比較快！」我咆哮一聲，縱身躍向那個不知死活的爛傢伙。

說來也奇怪，我頓時感覺身體周圍瀰漫著一股怪異的氣流，彷彿全身充滿了前所未有的強大力量。

我的速度變快了，眨眼間已來到了那個人身前，然後一個手刀直接捅進了他腹部，半根食指和中指力道十足、直接貫穿了對方的腹肌。

旁邊的人頓時露出慌恐至極的樣子，跟著雞飛狗跳起來，四處竄逃。

那個腹部穿洞的傢伙慘叫一聲，頓時我眼前縈繞著鮮血的猩紅。此時此刻，我好想讓更濃烈的血腥味圍繞著我感官，彷彿只有鮮血的味道才能滿足我體內壓抑已久的渴望。

慘了，我好像真的變成了他們口中的妖怪了……但體內的欲望已戰勝了我的理智，我才不在乎眼前這個傢伙的生死！

我咧著笑，加重了手上的力道，眼前這傢伙再度發出了刺耳的慘叫聲。

「夠了，元澍……」輕柔慵懶的聲音忽地在我耳邊響起。

……顧宇憂？

·第四章·

被追殺的羔羊

伍邵凱以迅雷不及掩耳之勢攀住了上方的門框，

再以小腿夾緊對方的脖子，稍微使力，

對方便飛出了門口，撞向路邊的一個花盆上……

「唔……」感覺身體像被坦克車輾過一樣，連眼皮也石化了，完全無法睜開。

「醒過來了？」懶洋洋的聲音在我耳邊響起。

顧宇憂？我立刻警惕起來，眼睛也「唰」的睜了開來。

他雙手撐著床沿，像隻貓兒般居高臨下看著我，臉上一點溫度也沒有。

我馬上坐起身，他離開床沿在旁邊的椅子上坐下，眼神卻從未移開過我臉龐。

被像顧宇憂這個貓樣的帥哥注視，我瞬間感到不好意思起來，忘了該思考自己是怎麼來到這裡的。

咦？對喔，為什麼我會跟這個貓男在一起？而這裡又是哪裡呀？

我把目光移向周圍的擺設，發現這裡是個面積不大的房間，只有簡單的單人床、衣櫃和書桌。跟之前老爸洋房的房間相較之下，顯得寒酸多了。

「這裡是……」

「你剛才在警察局附近昏倒了。」他看了我一眼，繼續說：「你父親的洋房短期內是回不去了，那些人能查到你的身分，自然也能查到你的住址和學校，這陣子你就先住在這，哪裡都別去，行李我替你搬過來了。」

我努力思索他的話，那些人……對了，我好像在雨裡跟一群人幹架，然後我好像聽見了一聲巨響，再然後……咦？為什麼我什麼都不記得了？感覺上自己好像有受傷什麼的……摸了摸身體，再嘗試活動四肢，沒有傷口、身體也沒有疼痛。

而且……我身上居然穿了件我不曾看過的衣裳？

我有些慌張的往下一看，連褲子也……不是原來的褲子？！

我把視線轉移至顧宇憂臉上，他馬上「啊」了一聲，然後說：「我總不能讓全身溼透的你蹧蹋了這張床。」

什麼？！他的意思是、是他幫我換下一身的溼衣裳？！

我、我居然被一個男生給看光光了？

「別一副世界末日的樣子，你又不是女生，沒啥好看的。再說，我也不是同性戀，對男生沒興趣。」他不以為意的聳肩。

我咬牙切齒瞪著他。他脣瓣居然微微揚起，說：「沒想到你把自己的貞操看得比安全還重要。」他還特地著重「貞操」這兩個字，然後繼續說：「你一定以為我接下來會問你還是不是處男吧？」

「喂你……」我眼角抽搐，差點沒氣得奪門而出。

「不過你放心……」他再次重申，「我對男生沒興趣，倒是你的性向比較值得懷疑。」

他在暗示偵訊室裡的那件事嗎？

「喂，那是意外啦！」拜託別再挖苦我了！我不禁懷疑他是虐待狂，樂於把快樂建在別人的痛苦上。

「我只不過想澄清自己的性取向。」他聳了聳肩。

「我也不是同性戀啦！」我重申。

他今晚怎麼這麼多話？一點也不像平時沉默寡言的他。

男生的身體被男生看到的確沒什麼大不了，但對方一定不能是長得比我帥的顧宇憂！

我惡狠狠的瞪著他，直到眼睛痠了也還要瞪。他倒沒繼續剛才那些沒營養的話，反而談起了正事。

「昨晚死的戴亞金是A市黑道頭子戴維的幼子，在真凶落網之前，他們都認定你就是殺死戴亞金的人。在昨晚那班手下煽風點火之下，你現在的處境很危險，因為我相信戴維一定會派出手下繼續找你。」

「哼，我幹嘛要怕他們？夠格的話就來找我算帳啊！」我才不把那些流氓放在眼裡。

「如果你真的很強，剛才就不會躺在這裡任由我替你換衣服了。」他的聲音毫無起伏。

「你……」漲紅了臉，我忽略他的話，努力想要找回自己為何會昏倒的記憶。

沒理由啊，即便對方人多勢眾，我也不可能被毆昏了，況且我身上一點傷也沒有，這是我百思不解的地方。

想到後來，我索性投降了，心不甘情不願的問顧宇憂：「喂，我為什麼會在這裡？」

「是我帶你離開那邊的。」

「那些流氓呢？」

「被打發走了。」他面不改色的說。

怎麼可能？對方少說也有二十人，連我這史上最強的幹架王都無法戰勝他們的話，顧宇憂又是怎樣帶著我衝出重圍呢？除非他比我強……

不不不，我不願意去承認這個事實，一定是嚴克奇帶人前來救我吧？事發地點就在警察局附近而已，如此轟動的幹架案怎麼可能不驚動警方呢？

嗯，一定是這樣！

「那我到底是怎樣昏倒的？」

「你真的很想知道？」他似笑非笑的問我，看起來一副不懷好意等著看好戲的樣子。

聽他這麼說，我吞了吞口水，覺得這件事其實也不是這麼重要啦，知不知道都無所謂了。

「那現在是怎樣？我被黑道的人盯上了，警察會派人來保護我吧？」我轉了個話題，電影裡的情節不都是這樣演的嗎？

「原來你懦弱得需要警方來保護？」

好個夠力的激將法！

「哼，我只是想確認而已，你可別多事叫警方派人來跟著我，我最討厭失去自由了！」我咳了兩聲，急忙為自己辯護，「再說啊，被你一個人跟著已經夠煩了。」什麼擔保人呢，最討厭被人限制自由了。

「我原本就不打算驚動警方。你乖乖給我待在這，就不會有人再來找你麻煩了。」

咦？這麼說來，嚴克奇到底知不知道我被人圍攻的事呀？知情的話，不可能會默不作聲吧？不過，我可不想再開口跟顧宇憂說話，甚至問他任何問題！

「是是是！」暫且先答應他，反正到時候我要是反悔，他也不能對我怎樣。

拜託我還要上學咧！怎麼可能足不出戶？況且我還要去機車店選機車、出去找工作……咦？為什麼我身邊好像少了什麼東西？

嚇？！那個公文袋！

「我的東西……」

「你的背包在那邊。」他伸了個懶腰，指了指單人床對面的書桌。

我馬上起身來到書桌前，幾乎把背包裡的東西全倒出來。

沒有……沒有公文袋，更別說爸留給我的畫了！

印象中，我在幹架前把那些畫和背包全拋在路邊，而當時剛好下雨……我摸出了裡面的書本和文件，發現裡面的東西雖然已經乾了，可是卻留下了被雨水肆虐過的痕跡。

「我已經叫乾衣店的人把裡面的東西全烘乾了，有沒有報銷我可不知道。」

我本想問他有沒有看到老爸留給我的那三張畫，但一想起他可能又會以尖酸刻薄的話來虧我時，心想還是算了，有機會再溜出去找好了。

「如果沒有問題的話，我要出去了。廚房裡有晚餐，你自己微波一下。」語畢，他拿起掛在椅子上的外套，打開房門走出去。

晚餐？現在幾點了？我看了一眼手錶，差點尖叫起來，已經快要晚上七點了！

真倒楣，我美好的一天就這樣浪費掉了。

「別趁我不在時溜出去，別忘了我只是睡在你隔壁房而已。」顧宇憂忽然探進頭來跟我說話，害我嚇了一跳。

真是個神出鬼沒的貓男！

咦？他剛才說什麼？他也住在這裡？

想想也對啦，連我都回不去的家，他又怎能回去呢？

「你放心！我哪裡都不去！」

難得可以當睡豬大睡一覺，何樂而不為呢？等睡飽了再來想想明天的計畫也不遲。

吃過顧宇憂買回來的晚餐後，我又回到了床上，躺下來繼續想著下午的事，我到底是怎樣昏倒的？

即便想破了頭，還是無法如願回想起來，我索性閉上眼，繼續會周公去。

※……※……※……※

隔天一早，我一離開臥室打算到浴室洗澡時，總算把這個可以一目瞭然的屋子打量清楚。

這是一間很普通的公寓，客廳和廚房連在一起，有三間臥室。除了我和顧宇憂的房間有簡單的家具以外，另一間被空置著，空蕩蕩的什麼也沒有。

奇怪，他是如何在短時間內弄到這間公寓的？

從房裡的窗口看出去，這裡大概有十幾層樓高吧？而且公寓周圍綠油油一片，看樣子好像跟市區有段距離。

洗過澡，換上乾淨的衣服之後，我來到顧宇憂的房門口敲了兩下門，卻沒人應門，可能他已經出去了吧？

奇怪，一大早上哪兒去呢？查案？有這麼忙嗎？

不在的話更好啦，我不必七早八早就要面對那張好像我欠了他幾百萬的臭臉。

我拿了背包準備出門上學去，順便在學校餐廳解決早餐。

可是想了一下，反正時間還早得很，我把心一橫，決定先到昨天昏倒的地方找找看爸留給我的畫。說不定公文袋裡面還有其他東西，比如說遺書之類的。

希望老天爺今天行行好別再開我玩笑了，叫什麼雨婆婆和雷公公出來陪我玩耍，因為老子我很忙啊！

不出半個小時，我已經來到了昨天那個跟人幹架的地方。可是路邊除了一些枯枝枯葉之外，什麼也沒有，連張糖果包裝紙也找不著。奇怪，如果那背包是顧宇憂發現並帶回公寓的話，他沒理由沒看見那些畫和公文袋呀。

我以為那些看似很輕的公文袋和畫很有可能被大風颳走了，可是我在兩百公尺的範圍內仔細搜查一番，還是什麼也沒發現。

我正打算放棄搜尋準備離開時，發現腳下的草地上圍了一大群的螞蟻。

「螞蟻？」

童心大起的我惡作劇拿了根樹枝戳了戳牠們，牠們馬上四處亂竄。

我笑了笑，正想收拾心情離開這裡時，赫然發現剛才螞蟻聚集的地方，有一團黑色的東西，隱隱透出一絲腥味。

是已經乾枯的血跡！

為什麼我這麼肯定呢？因為我抓了一把泥土湊近鼻子聞了聞，是血跡沒錯。

我記得昨天事發時下著滂沱大雨，在那種情況下不被沖走的血跡，肯定覆蓋了範圍不小的面積。要有大面積的血液，證明那個人一定流了很多血。

可是印象中，我揍人時沒使用任何武器，而且已經手下留情了。

昨天昏迷之前，到底發生了什麼事呢？雖然我感到非常好奇，但一想起顧宇憂昨晚那怪異的笑容時，還是任由好奇心殺死我吧！

離開那個充滿謎團的地方後，我叫了一輛計程車，開始規劃今天要做的事。

要先找工作還是先挑機車呢？

我在這裡人生地不熟，又沒有一個比較親近的朋友，真的很不方便。

想到這，腦海裡倏地浮現了一張很陽光的笑臉。對了！怎麼我沒想到找伍邵凱幫忙呢？以他這種熱心助人的性格，一定很樂意伸出援手的。

我心情愉快的看著車窗外的風景，開始盤算要在什麼時間找他比較方便……

一踏入校園，我先來到學校餐廳吃早餐，好好享受難得悠閒的早晨。

來到角落的一張桌子旁坐下，我開始啃著手上的漢堡，再打開罐裝牛奶啜了一口。

雖然漢堡的味道差了點，但我很慶幸自己不挑食。如果連在孤兒院長大的孩子都挑食，我很難想像那些有父母照顧及呵護的孩子到底都在吃些什麼？滿漢全席嗎？

「喂！元澍！真巧在這裡遇到你！」

我的頭被人拍了一下。

不必回頭，我也知道來者為何人。

「伍邵凱！」我驚呼一聲，我們還真不是普通的有緣咧。

「真巧！又遇到你了！你幹嘛一個人在這裡發呆呀！」他笑得很燦爛，彷彿天上的太陽被他拐到了嘴邊。

「沒什麼，在想著一些事。」我尷尬的笑笑。

「我可以坐下來嗎？呼，好險，我差點又遲到了。」我都還沒回答，他已經把手上的托盤放在桌上，在我旁邊的椅子上坐了下來。

「坐啊……」我的回答已經沒有任何意義了。

看著他呼嚕呼嚕的吃著麵條時，我打破眼前的尷尬問：「對了，你昨天很早就離開學校喔？我還想謝謝你好心送我一程。」

「喂，你怎麼像個女生般婆婆媽媽啊？在那種情況下，任誰都不會見死不救的好不好？昨天我還要趕著去打工，所以早跑了。」

咦？原來他有在打工啊！

「你在哪裡打工？」我看起來比撿到黃金還高興，對於這話題表現出非常濃厚的興趣。

「咦？怎麼啦？你也想要找工作嗎？」我的表情都已經這麼明顯了，伍邵凱一點也不笨。

「嗯嗯，正有此意。」

我把自己從南部北上來到這裡讀書的事說了出來，但我隱瞞了我爸的問題，就連昨天發生的倒楣事也隻字不提，否則他擔心惹上麻煩，說不定就不敢再靠近我半步了。這樣一來，我就沒有人好利用……呃，是求助了。

「你這是認真的嗎？我在便利商店打工，那邊正好要請工讀生耶！」

「是真的嗎？」沒想到一切這麼順利，我欣喜若狂，「等一下能不能順便帶我過去？你幾點去打工呀？」

「我下午沒課喔，你呢？」他看起來似乎也很高興。

「我也是耶！」

「那就好，等一下一起過去吧，說不定馬上就能上工了。」

「好呀！」我開心的回答，「噢，對了，還有一件事，我想買一輛機車，不然要去哪裡都很不方便。」我索性把心裡的想法全都搬出來。

「噢，機車呀！沒問題呀，下班後我帶你去看看，好像有間機車店開到滿晚的……對了，你想要買怎樣的機車？有什麼預算或要求嗎？」他忘了眼前的麵，熱心的想幫我解決問題。

我露出感激的笑容說：「我這個人沒什麼要求，只要能代步就行了。」

「野狼？」

「呃，我不會飆車……」

「哈哈哈，開玩笑的啦！放心，我一定會帶你走遍A市的機車店，直到你挑到滿意的機車為止。」

「謝謝你！」果然找對人了，好開心啊。

「別這麼客氣啦！」

他又用力襲擊我的背，我剛才吃進去的漢堡差點沒吐出來。

※……※……※……※

好不容易上完了最後一堂課，來到約好的車棚時，伍邵凱已經坐在野狼上面等我了。

一看到我，他馬上發動機車，不停的催著油門。

「今天我還是沒準備你的安全帽啊！」他戴上安全帽時，一邊做了個鬼臉，「因為我沒想到今天還會遇到你。」

「沒關係，我相信你的技術。」

其實這只是客套話，見過他飆車功力還能像我這樣鎮定，甚至敢坐第二次的人，除了我之外大概沒有第二人了。我絕對不是在虧他，而是他飆車的功力絕對無人能及，連路上的司機都忍不住要罵三字經。

我們沒在馬路上花多少時間，就已經來到了伍邵凱打工的便利商店。

這家便利商店就在學校附近而已，很好找。

老闆一看見我這副忠厚老實的樣子，而且又是伍邵凱大力推薦的人選時，幾乎連想都沒想就決定錄用我。

看來這次我真的是遇到了貴人，一切開始變順利了。

我開開心心的換上了工作服，接受伍邵凱的指導。

平時老闆在伍邵凱接手店裡的工作之後，就會離開便利商店回家休息。老闆離開之後，便利商店就只剩下我和伍邵凱兩個人。

便利商店的工作既輕鬆又簡單，還不到兩個小時，我已經完全上手了，這對於第一次在便利商店打工的我無疑是一大鼓舞。

「伍邵凱，真的非常謝謝你。」已完成上架工作的我來到收銀櫃檯，向他道謝。

他剛好送走了店裡唯一的客人，索性把身體倚靠在櫃檯旁跟我聊天。

「喂，別像個娘兒們似的啦。」他失笑了，「要是你敢再說這兩個字，就要罰錢囉。」

「好啦，這是我最後一次向你道謝了。」

「最好是！對了，你一個人住嗎？」

「沒有，怎麼了？」我原本應該一個人無憂無慮住在老爸的房子裡，可是那裡忽然出現一個名叫顧宇憂的少年，他完全打亂了我正常的生活步調。

現在，我還被逼跟他一起住在公寓裡，面對有家歸不得的窘境。真希望警方儘快捉到真凶，還我清白、還我正常的大學生活啊！

「只是隨口問問而已，我也是一個人住喔。」他主動說起了自己的事。

「你也是一個人在外頭生活？」我內心浮現了同病相憐的感覺。

「對啊，我是個孤兒，前幾個月才剛剛離開已經生活了十八年的孤兒院。」

我目瞪口呆的看著他。沒想到一個這麼愛笑、看起來無憂無慮的男孩，竟然跟我一樣是個孤兒？我那同病相憐的感覺，瞬間轉成了惺惺相惜。

「很驚訝吧？我原本還有個哥哥的，可是他在幾年前被人害死了。」說話時，他眼裡露出了一絲傷感。

害死？天啊，他到底經歷過什麼樣的成長歲月？

看著他臉上映著不堪回首的表情時，縱然心裡再怎麼好奇，也只能拚命壓抑下來。我深怕自己問太多，無疑是在他傷口上撒鹽。

我正想說些什麼來打破眼前的尷尬氣氛時，他已重新掛起笑臉說：「我已經看開了，現在對我來說，最重要的是要活得開心。我呀，要當個快樂無憂的男人，為自己生命畫上色彩，哈哈……喂，你會覺得我這想法很老套嗎？」

不，一點也不老套，在紙上談兵和實踐完全是兩碼事，能說到做到的人少之又少。

我正想這樣安慰他時，褲袋裡的手機忽然響了起來。

我拿出手機，發現是一組陌生號碼。

「喂？」不喜歡讓人久等的我馬上接通來電。

「元澍，你跑去哪裡了？」

是顧宇憂！他是怎樣拿到我手機號碼的？

「我不是說過要你乖乖待在公寓，哪裡都別去嗎？你就這樣罔顧自己的性命嗎？」

我都還沒反應過來，他又說話了。

奇怪，是我聽錯了嗎？他竟然一改平時慵懶的語氣，說話時夾帶著少許的焦慮。

「不管你現在在哪裡，馬上給我回來公寓！」他霸道的下命令。

他的「命令」令我大為光火。他又不是我老爸，我幹嘛要聽他的？況且那些黑道不可能神通廣大到連我打工的地方都查得出來吧？

「我的命我自己會照顧，你憑什麼干涉？我最討厭被約束了，特別是你這種自以為是的陌生人！」說完，我氣得掛斷電話，順便連電池也拆掉，往櫃檯上一丟。

「喂，怎麼啦？火氣這麼大？」一旁的伍邵凱有些吃驚的看著我。

「沒什麼。」我努力撲滅體內的怒火。

「是……」

伍邵凱還想要說話，耳際突如其來的「巨響」把我們兩人的注意力逮走了。

只見便利商店的自動門被人打破了，連上方的感應器也被砸得稀巴爛。幾個四肢發達，看起來很像健美先生的人踩著一地的碎片出現於門口。他們身穿緊身背心，裸露在外的手臂都有刺青，而且幾人的手上全握著球棒。

不等我們反應過來，其中兩人繼續揮動手上的球棒，往門邊擺滿商品的架子砸過去。

伍邵凱嚇了一跳，隨即上前去阻止他們繼續破壞店裡的東西。

「喂，你們在幹什麼？」

「你就是元澍？哼，不是聽說你很會打架嗎？原來只是個發育不全的小不點？」看起來像是帶頭的那個人丟下球棒，上前抓住伍邵凱的肩膀，只是稍微用了點力，伍邵凱的腳底馬上離開了地面。

那個人居然輕而易舉就把伍邵凱舉起來？！

旁邊其他人因為那個人的舉止而停下了砸東西的動作，指著伍邵凱捧腹大笑。

「是誤傳吧？哈哈哈……」

「就是，看來根本不用出動我們這些先鋒隊也能制服他吧？」

原來他們要找的人是我。他們該不會又是那個黑道頭子派來捉我的流氓吧？他們還真是沒完沒了啊。

正在發呆的我一回過神，準備上前去救下伍邵凱時，他忽然換了一副可怕的表情瞪著那些肌肉發達的流氓，聲音低沉的說：「放開我。」

到底有多可怕呢？呃，大概是跟他說了「元澍比伍邵凱帥氣十倍」的話一樣可怕吧？

「放開你？有本事就自己下來啊，小不點！哈哈哈哈哈……」那個人把伍邵凱舉得更高了，還把他的臉湊近自己，繼續說：「嘖，我差點就要以為你是女生了！」

身後的笑聲更加放肆了。

可是他們的笑聲還維持不到十秒，就已經被驚叫聲給取代了。

伍邵凱以迅雷不及掩耳之勢攀住了上方的門框，再以小腿夾緊對方的脖子，稍微使力，對方便飛出了門口，撞向路邊的一個花盆上。花盆應聲破裂，剛才那個健美先生一動也不動的倒在花盆的碎片上。

便利商店裡的人嘴巴全變成了O型，我的下巴也差點離開了我的臉。

那些流氓很快回神，整齊劃一的把視線全移向伍邵凱的俊臉上，猶豫著該不該攻上去。

「都叫你放開我了……」伍邵凱以優美的姿勢著地，拍走手上的灰塵冷哼一聲，「給我看清楚，敢說我像女生的人，下場就跟他一樣。」

我聽見有人猛吞口水的聲音。

伍邵凱的地雷，就是說他長得很像女生嗎？靠，我很慶幸那天沒把這話說出口，不然大概也會被拿去砸花盆吧？

就在我以為一場驚天動地的打鬥即將在便利商店裡展開，開始活動身上的筋骨和做熱身準備上前去幫忙時，伍邵凱竟一個箭步奔上前來拉住我手腕奪門而出。

「伍邵凱？」現在到底是怎樣？

「他們一共來了將近二十人，其中十人在外面的車裡埋伏著！」

二十人？我昨天一對二十，還占上了風呢，即使再多來個二十人我也不怕！

平白無故失去了幹架的機會，我臉上被失望的表情填得滿滿的。

「再來個二十人我也不怕！」我頻頻回頭，發現那些流氓在後窮追不捨。此外，停在便利商店外面的兩輛車子也頓時湧出了另一群人加入了追捕行列。

我想要甩開伍邵凱的手、上前去把他們踢飛時，伍邵凱卻意外回頭朝我喊話：「他們身上都有槍！」

槍？

我還在想著這個似曾相識的字眼時，身後已傳來了震耳欲聾的槍聲。

那發子彈幾乎是從我頭頂上擦過去，我不由得捏了一把冷汗。奇怪，感覺上好像曾經有人朝我開槍，會是昨天攻擊我的那群流氓嗎？可為什麼我一點印象也沒有呢？

就在我跟自己的記憶力拔河之際，伍邵凱已拉著我在巷弄裡拐來拐去，看樣子好像已經成功擺脫了那些流氓。

「離開這條巷弄，我們就安全了，外面是一條熱鬧的街道，我們可以趁機混進人群裡逃走！」伍邵凱邊跑邊說。

「太好了！」就在我滿心歡喜，以為很快就可以離開這條迷宮般的巷弄時，眼前忽然出現一道看起來約兩層樓高的圍牆，硬生生堵住了我們的去路。

「是死路！」我大喊。

「沒錯，跳過這圍牆，就可以擺脫他們了，他們一定追不上我們的。」他神采飛揚的說。

「啥？跳、跳過去？！你早就知道這裡是死路？」如果只有一層樓，我還有把握可以直接越過它，可是眼前的圍牆有兩層樓高耶！

他還真有自信啊。

「在那邊！」

就在我猶豫不決時，後面的追兵已經來到了距離我們五十公尺外的地方。

「元澍！快！把手給我，沒時間考慮了！」他伸出手，氣喘吁吁的催我。

雖然不曉得伍邵凱想幹什麼，但眼見那些追兵已經來到了二十公尺外的地方時，我馬上把手交給伍邵凱。

現在我能相信的人就只有伍邵凱了。

他一把握住我的手用力一拋，我整個人馬上騰空飛起，有驚無險的直達圍牆的頂端。我驚魂未定的攀住圍牆不讓自己摔下去。

有那麼一瞬間，我誤以為自己是傳說中的超人……天哪，誰來告訴我這只是一場夢啊？

伍邵凱見我安全抵達圍牆上方時，腳尖一點，竟一口氣躍上了圍牆，在我旁邊安全降落。

我還未從震驚中驚醒過來，他已經拉我起身，再瞥了身後那些幾乎快被嚇昏的流氓一眼，才拉著我搖搖欲墜的身子離開圍牆，來到了熱鬧的街道上……

來到了一個隱蔽的巷弄裡，我再也跑不動了，跌坐在地上激烈喘氣。

「我說元澍啊，你怎麼會招惹到那些黑道人物啊？你該不會搶走了人家的馬子吧？剛才那些都是黑道的先鋒隊成員咧。」伍邵凱看起來也好不到哪裡去，差不多快要斷氣了。

「什麼是先鋒隊？是要上戰場打仗的軍人嗎？」我好奇的問。

「去你的打仗！總之就是很厲害的人啊，他們就像是軍隊中的先鋒，精兵來的喔。」他整個人貼在牆上，上氣不接下氣。

「你確定嗎？我剛才看見你輕而易舉把人給甩到了十多公尺外的花盆上，他們是精英，那你豈不是神？」連看起來弱不禁風的伍邵凱都制服不了的人，實際上也不怎麼樣吧？

要不是伍邵凱說他們身上帶著槍，說不定早就被我打得落花流水、滿地找牙了。

「哈哈哈……那只是一種自我保護的反射性動作而已，如果他們剛才一擁而上，我大概也會被揍成豬頭吧？」

「怎麼可能？你明明就很強。」尤其是跳牆的那一幕，連我都自嘆不如。而且我發現他把我拋上圍牆時，根本就像在丟一根羽毛般，「你的臂力很屌咧！」

「那只是求生本能啦！」他一再強調，而且他說話時漫不經心，對於眼前的話題好像不願多談。

我見他一副意興闌珊的樣子，說不定有什麼難言之隱吧。

每個人心中都藏著一些不想讓人知道的祕密，我也識相的不去挖掘或觸碰伍邵凱心裡那些不能說的祕密。

「那些人，很明顯是衝著你而來。」他拐了話題，「唉，慘了，不知道他們把老闆的店怎樣了？」

「對不起，都怪我不好……」我欲言又止，我該把真相說出來嗎？

「沒關係，不想說的話就別勉強。不過我得先通知老闆一聲，叫他報警處理。」他對我露出一個教人放心的笑容，然後起身走到巷子的角落打電話。

他握著手機聊了好久，結束通話後向我招了招手，說：「走吧，看來我的機車也暫時別想回去牽了，說不定還有一些黑道的人在附近埋伏。」

「去哪裡？」

「先回家吧。對了，你要不要去警局報案？」走沒兩步，他忽然回頭過來問我。

「報案？」報了案又能怎樣？說不定到時候嚴克奇會找來顧宇憂把我綁回公寓去。我搖了搖頭，說：「不必了，我想回家。」

「……你有家吧？」他猶豫了一下，問我。

「當然有啦，呵呵呵……」我尷尬的抓頭，「你就別擔心我了，今天真的很抱歉，店裡那些打破的東西就記在我頭上吧，我會賠償的。」

他點點頭，沒說話。

「快點回去休息啦，我真的沒事，過一會兒我也要回家了。」見他仍杵在原地不動，我連忙向他揮揮手。

「那你自己小心點。」他不放心的說完，才掉頭離去。

我笑著點頭。

·第五章·

沒完沒了

若要殺出重圍，可能會錯手殺了人，你有這種心理準備嗎？

……你，殺過人嗎？

目送伍邵凱的背影完全消失於巷子的轉角處時，我也來到路邊叫車，然後向計程車司機說了老爸洋房的住址。

沒錯，我想回去老爸的房子。

人家不都說嗎？最危險的地方也是最安全的地方。

下了車，我先在附近兜了兩圈，發現沒有可疑人物之後，正想要從背包裡摸出鑰匙準備上前去開門，不料背部竟空無一物！

真是的，我忘了自己把東西全落在便利商店裡了！

怎麼辦？總不可能在這非常時期跑回便利商店拿東西吧？說不定那邊還埋伏了一些黑道的人，我可不想再經歷剛才那場驚心動魄的逃亡遊戲了。

我想從褲袋裡掏出手機跟伍邵凱說一聲，赫然想起連手機也被我丟在店裡的櫃檯上了。

跌坐在門口，自己現在身上什麼都沒有，難道非得回去公寓不可嗎？

我哀號一聲，真想找塊豆腐來撞。

可是我萬萬沒想到，上帝連我想哀號的權利都奪走了——四面八方忽然湧出許多很明顯衝著我而來的人。

不會吧？他們還真是無所不在啊！我開始咒詛那個戴亞金的祖宗十八代洩憤，甚至想去鞭他屍體。

「別讓他跑了！」帶頭的是個白頭髮的傢伙。

靠，都一把年紀了還要流氓是嗎？我可不是什麼善男信女，不可能乖乖坐在那邊等人來捉。靈機一動，我縱身躍到了二樓的陽臺上，再踹破玻璃窗潛入屋裡。

唉，早知道剛才直接爬上來就好了，說不定就不會被他們發現了。

話說這些人還真不是普通的神通廣大啊，彷彿在我身上安裝了追蹤器似的，不管我去到哪裡都可以輕易掌握我的行蹤。

現在該怎麼辦？躲在屋裡一輩子不出去嗎？

可是我卻忘了黑道也不是什麼善男信女。我聽見了玻璃破碎的聲音，然後嗆鼻的濃煙開始在屋內蔓延開來。

那是什麼？！

頭好暈，我眼睛完全無法睜開，而且不停的激烈咳嗽。靠！這該不會是催淚彈吧？我摀著口鼻跑去樓下，情急之下還差點滾下樓梯。

沒想到樓下也被白茫茫的催淚彈攻陷了，到處都是嗆死人的難聞氣味。

「咳咳咳……」逃逸無門的我只好把自己鎖進了浴室，然後打開洗臉檯的水龍頭猛沖頭部。

呼吸開始順暢了，頭痛欲嘔的感覺也漸漸好轉。

我抓了一把衛生紙塞在門縫間，避免難聞的氣味湧進來，然後再關緊浴室的窗，腦子裡開始閃過無數個逃生的念頭。

最糟糕的是手機不在身邊，要報警求助也不得要領。

不確定那些人會不會趁機攻進來，甚至把這棟房子夷為平地。他們會使用手榴彈引爆，抑或直接開著坦克車衝進來嗎？

在我胡思亂想之際，外面忽然傳來「劈里啪啦」的聲響，連身在浴室的我都能感受到的灼人熱氣開始襲向屋內各個角落，我甚至還聞到了嗆鼻的濃煙。

呃，他們在外面ＢＢＱ嗎？

當然不是！他們想要燒掉我爸的房子啦！幹！他們最終目的是想把我活生生燒死吧？！我還真是大意啊。

早知道就別聽信那句「最危險的地方也是最安全的地方」的屁話了！

爸，請恕我不孝……

我一邊碎碎唸，一邊打開浴室的門，發現外面已經陷入了一片火海。

其實我應該馬上踢開大門衝出去的，可是我隱約從窗口看見在外面埋伏的人手裡全都握著手槍，要是我現在推開門，大概會被子彈轟成蜂窩吧？

可是留在屋裡也會變成烤肉啊！

就在我躊躇著該如何逃生時，外面忽然傳來了熟悉的嗓音。

「元澍！你還活著嗎？快回答我！元澍……」

是我聽錯了嗎？是伍邵凱耶！他怎知道我住哪裡？更重要的是，他怎知道我身陷危險？

我火速來到窗口邊，發現心急如焚的他一邊踢飛試圖靠近他的人，一邊沿著每個窗口喊我名字。

「伍邵凱！你不要命了？幹嘛跑來這裡送死？」我擊破眼前的窗口，伍邵凱馬上看到了我，欣喜若狂的衝上前來。

「臭小子！我就知道你有危險！才會一路跟著你過來，沒想到被我猜中了！那些人能查到你打工的地方，一定也能找到你住的地方……」

他的話還沒說完，就被兩個流氓一左一右架著，然後狠狠的朝他腹部踹了一腳。

「唔……」他吃痛的彎下身來，身後一群流氓馬上一擁而上，把他牢牢的制伏在地上。伍邵凱怒吼一聲，試圖甩開眾人的箝制，但兩把手槍已分別抵住了他的咽喉和太陽穴。

他為了救我，竟落入了敵人手中！

「不想看到你朋友受傷的話，就乖乖束手就擒吧，哈哈哈哈……」

「伍邵凱！」

「元澍，快跑……」他有些吃力的催我。

不，我怎能丟下身陷險境的朋友，卻自己逃走呢？

「我不是他們要找的人，他們不會對我怎樣的。」他勉強笑了笑，卻換來了那些人的拳打腳踢。

「都給我住手！」我掐緊拳頭，大聲咆哮：「你們要找的人是我！快放了他！」

「元澍……」伍邵凱大感意外。

「哼！統統給我帶回去！」

忽然，我感覺脖子傳來一陣痠麻，而且那感覺迅速蔓延至全身。沒兩下子，我兩腿一軟，身體開始往右邊傾倒。接下來，屋裡開始湧進了很多人，動作粗魯的他們七手八腳把我捆綁起來。奇怪，怎麼我連抬頭的力氣都沒有呢？而且，我感覺有人從我脖子拔出了一個類似迷你針筒的東西。

「把那個人也注射麻醉藥！免得半途出了什麼意外！」

麻醉藥？

我發現外面的流氓也拿起繩子捆綁住伍邵凱，然後在他脖子注射了一管小針筒。
再接下來，我們這兩個毫無反抗能力的少年，就這樣被帶上了車，朝向未知的地方前進。

※……※……※……※

好暗，這裡到底是哪裡？
剛才我和伍邵凱被捉上車子之後，馬上被人以麻袋裹住了上半身，所以此時我完全沒有概念自己到底身在何處。
那些押我的人粗魯的把我從麻袋裡「倒」出來之後，一下子走得乾乾淨淨，一個不留。我困難的睜開眼，努力想看清楚環境，卻發現這裡伸手不見五指……
周圍隱隱約約傳來了鐵鏽的味道，而且又熱又悶的，才被關了不到五分鐘，我已經汗流浹背了。
真小氣，他們連盞燈都沒留下，要是我有三急的話，該往哪裡解放呢？如果我是個怕黑的膽小鬼，現在大概已經爆膽而死了。那些死傢伙一點也不懂得待客之道，哼！
我努力撐起身子，可是雙手被人反綁於身後讓我極度不適，而且我完全使不出力氣來，連坐起身都很勉強。

不知道伍邵凱是否也跟我一樣被關在這裡呢？

「伍邵凱，你在不在？」我勉強發出嘶啞的聲音問，希望我不是在對著空氣說話。

「元澍……」

他的聲音聽起來很痛苦，那些人剛才一定在他身上留下了很多傷，有機會逃出去的話，我一定要讓那些人雙倍……不夠，是十倍奉還！

真該死！要是我肯聽顧宇憂的話，別四處亂跑和冒險回去老爸的洋房，就不會連累伍邵凱跟我一起受苦了。

綁架我的人，一定是那個叫戴亞金的父親幹的好事吧？難不成他想要動用私刑處決我？這樣一來，連伍邵凱也將跟我一起陪葬嗎？

想到這，我就懊悔萬分。

「你很痛嗎？」其實我有些不明白，伍邵凱看起來比我強很多，應該不至於被人制服才對，八成是擔心我受到傷害吧？

沒錯，要不是他因為找到我而一時被興奮的感覺沖昏了頭，也不會被那些無恥之徒有機可乘。

唉，事到如今，我不想再對他有任何隱瞞了。

「我沒關係，他們有沒有對你怎樣？」他有些緊張的問我。

我輕輕搖了搖頭，但在這個黑漆漆的地方，他一定看不見。

「伍邵凱，我想跟你說一件事……」我深深吸了一口氣，開始把戴亞金的事一五一十說出來。

故事說完之後，黑暗裡只剩下了我們的呼吸聲。

彷彿過了一個世紀這麼久，他才開口說：「這樣就沒有辦法了，如果不絞盡腦汁想辦法逃出去的話，就只有剩下冷冰冰的屍體了，元澍，你有這種醒覺嗎？」

「什麼醒覺？」

「就是隨時都有可能被殺死啊。」他語氣嚴肅。

他的話一點也沒錯，可是我們有可能逃得出去嗎？

「我的確想過這問題……」我深深的嘆了一口氣，「事到如今，我們能怎麼辦呢？」我已失去了主意。我還這麼年輕，當然不想死啊，而且還連累了伍邵凱。

「這裡是他們的地盤，人數比之前遇到的不知會多上幾倍，若要殺出重圍，可能會錯手殺了人，你有這種心理準備嗎？」他的聲音低沉，跟之前說話的方式完全不一樣。

EVIL SOUL
少年魔人傳說
邪貓靈/文 Lyoko/圖
5月8日
一個讓人驚聲奸笑的
犬貓大戰 神祕都市傳說，正式開幕
慢郎中的
貓男偵探
DOG!! MEETS CAT!!
急驚風的
天兵犬少年

・五・沒完沒了・

我沒想到眼前這個陽光男孩竟會說出這番話，心頭不由得一悸。

我不得不開始揣測他是不是曾經遇過什麼可怕的事……我甚至揣測，他殺過人嗎？一般的少年根本不可能輕易的把「殺人」這話說出口吧？

對了，他說過自己的哥哥是被人害死的，到底是怎樣被害死的？被殺死嗎？

伍邵凱，到底擁有什麼樣的過去呢？

不知怎地，眼前的伍邵凱忽然讓我覺得很害怕。

「你害怕嗎？」見我許久沒說話，他又開口了。

「我……」殺人是犯法的事，我無法苟同。

「出手時一定要快狠準，才能讓敵人倒地不起，也許會一時失誤而把對方殺死也不一定。」

伍邵凱的話令我想起了他下午在便利商店展露身手的時候，當時他動作俐落的讓一個可以把他舉起來的傢伙摔得倒地不起。沒錯，是摔，他只是把那傢伙摔出去而已，再準確無誤的讓對方撞碎花盆倒地不起……

這就是他所謂的快、狠、準，完全讓對方毫無反抗、招架或掙扎的餘地嗎？

「我們現在最重要的是要逃出去呀！為什麼反而討論起殺不殺人的事了？」為了舒緩眼前這種怪異的氣氛，我打哈哈的說。

「啊，抱歉，我的話好像太嚴肅了。」他失笑了，但他的笑聲聽起來有點勉強。

「那你有什麼計畫呢？」我問。先聽聽他的計畫也無妨吧？

「等我們身體的麻醉藥失效了……先按兵不動，等他們進來把我們押出去時，再自斷手上的繩子攻出去。」

「你怎知道他們會不會在我們身上注射新的麻醉藥？」

「你該不會是打算乖乖讓他們注射吧？」他像在極力忍住笑。

「當然不可能啦！」我惱羞成怒的喊話。

他似乎很滿意我的答案，輕笑著說：「這就對啦。你……能自斷繩子吧？」

「當然可以！」

「我就知道，能跟黑道槓上的，應該也有兩下子身手。」

哼，我幹起架來從來沒輸過，可能只是比他差一點，沒辦法一口氣跳上兩層樓高的圍牆而已。

「你覺得我們真的能逃出去嗎？我們連自己身在什麼地方都不知道呢，說不定這裡是個被密封的地窟，他們只是想把我們活活餓死、悶死而已。」

「一定可以的啦，只要能殺出一跳血路，嘻嘻……」他又恢復了一貫的笑臉，真是個教人摸不清、陰晴不定的少年。

「血路？」我吞了吞口水。

「嗯，除非你想被人凌虐致死，什麼用鞭子抽啦，用熱鐵板燙你全身啦，再把你泡在冰水或鹽水缸裡一整晚……」

「夠了，那我們就殺出一條血路吧！」我可不想被人這樣凌虐致死，會很痛苦啦！

再說呀，殺出血路也不一定要取人性命啊，把人打昏不行嗎？

聽我這麼說，伍邵凱露出了滿意的笑容說：「那就這樣講定啦！現在先好好休息吧！」

唉，打從前晚一抵達這裡開始，就發生了很多令我難以消化的事，我無奈的嘆了一口氣，躺回了硬邦邦的地面上哀悼倒楣的自己。

暫時什麼都別想吧，當下最重要的是儘快逃出這個鬼地方。

「咿呀——」

朦朧間，我聽見了厚重的門被人用力推開的聲音。聽聲音，好像是倉庫用的鐵皮門吧？

張開眼睛，眼前倏地傳來了刺眼的光線，緊接著是許多急促的腳步聲在敲打著我耳膜。

「元澍！就是現在！」

我還沒搞清楚自己究竟身在夢境還是現實中，伍邵凱的聲音馬上灌進了我耳裡，他剛才的計畫也開始在我腦海中浮現。命在旦夕的我毫無考慮，立刻撲向傳來強光的地方，那邊是門口沒錯吧？

呃，都怪我體內的睡蟲在作怪，尤其在分不清白晝黑夜時，腦子裡只想著要睡覺。

而我的動作比伍邵凱還要快，眨眼間已跟第一個踏進門口的男人打了個照面。

「喝——」我一直把伍邵凱說的「快、狠、準」這三個字牢牢記在心裡，所以我一舉起拳頭，幾乎是用盡力氣揮出第一拳！

很好！擊中對方的臉頰，眼前的男人悶哼了一聲。

我不讓他有喘息的空間，馬上在他腹部補上一腳，他應該會立刻飛出去吧？

就在眼前的男人以最快速度消失於我面前，直接撞向不遠處的牆壁時，站在那男人身後的另一個人吃驚的叫了起來：「元澍！住手！」

好熟悉的聲音！我有些狼狽的收回攻勢，發現那傢伙不是別人，正是一直給人感覺懶洋洋的顧宇憂！

他旁邊還有一群身穿警察制服的陌生人目瞪口呆看著我，有幾人還驚惶失措跑向不遠處倒地不起的那個男人。

「怎麼是你？」我指著顧宇憂，久久回不過神來。

他是顧宇憂，那麼剛才那個被我踢飛的人是……

「嚴警官！」眾人紛紛喊著這個我再熟悉不過的稱呼。

已掙脫繩子正做好幹架準備的伍邵凱聽見聲音，也好奇的問道：「咦?獲救了?」他的語氣充滿了不確定。

我沒有回答他，一張臭臉正咬牙切齒的瞪著他，一副「都是你出的餿主意」的表情。

當他看見躺在不遠處的嚴警官時，尷尬的吐了吐舌頭，「欸，你朋友嗎？」

※……※……※……※

公寓客廳裡，顧宇憂以那足以凍死企鵝的冷淡目光瞪著我，不發一言。

幸好嚴克奇被送醫治療後已無大礙，只是臉頰和腹部留下了一大片瘀青，變得沒以前那麼帥而已。不過，被他碎碎唸了一頓倒是在所難免。

原來顧宇憂在撥不通我手機之後火速的四處找我，在發現我老爸房子被人惡意縱火燒毀之後，不得已下必須驚動警方介入調查和協助。

顧宇憂猜測這件事一定跟戴亞金的父親戴維有關，才會跟嚴克奇一起上門向戴維要人。既然事情已經東窗事發了，即便戴維的勢力再怎麼強大，也不可能跟警方槓上，於是這些黑道分子立刻撤退。

被嚴克奇唸完之後，他還怪我為何沒有向他求助。

這都是顧宇憂的主意，關我屁事啊？我把責任推到了顧宇憂身上，也不曉得後來顧宇憂如何跟他解釋這件事，反正我沒興趣知道就是啦。

在嚴克奇的調解下，我與黑道之間的誤會大概就這樣完結了，相信日後再也沒有人會上門來找我麻煩或取我性命了吧？

哼！早知道就不去聽顧宇憂的叮嚀，早點把這件事告訴嚴克奇，至少還能保住老爸的房子。

嗚……一想到老爸的房子，我不禁悲從中來。我除了被標上「不孝子」的標籤之外，就連所有能找到媽的線索也統統被燒成了灰燼。

說不定那個心存不軌的顧宇憂是故意要我被黑道追殺的，因為他看我不順眼啊！

看著我像隻過街老鼠般被一群流浪貓追來追去，他一定很享受，哼，變態！

跟顧宇憂大眼瞪小眼了好些時候，坐在我們中間的伍邵凱終於忍不住開口說：「拜託你們適可而止啦，你們到底要瞪到什麼時候啦？」說話時，他的肚子突然發出了「咕嚕咕嚕」的打鼓聲。

窗外的月亮又圓又亮，我偷覷了一眼手錶，發現已經將近凌晨一點了，難怪肚子會這麼餓。

唉，我的青春啊……

顧宇憂懶懶的站起身，一把抄起桌上的鑰匙說：「先出去吃點東西吧。」

「哼，我們自己會去！」我快步越過顧宇憂率先來到門口，再向伍邵凱招了招手，說：「走，趕快吃好飯回家睡覺！」說完立刻拉開大門離開公寓。

「呃，好……」伍邵凱戰戰兢兢的越過顧宇憂，向他告別後隨即趕上我的步伐。

來到附近的夜市，我跟伍邵凱狼吞虎嚥吃著滿桌子的美食，一邊聊天。公寓附近有個熱鬧的夜市，住在這裡的人都不怕挨餓，非常方便。

「那個叫顧宇憂的傢伙到底是你的誰呀？你們的關係看起來不怎麼好，怎會住在一起呢？」咬著特大雞排的伍邵凱問我。

「那天我也是到家後才發現那個人居然莫名其妙賴在我家不走。現在我老爸的房子沒了，我只能勉強跟他擠在同一間公寓裡。」我無奈的嘆氣，「要不，你說我該何去何從啊？住在一堆廢墟裡嗎？」

「那公寓是他家嗎？」

「我沒問。」他的事我沒興趣知道，「他說他是我爸的助理，嚴警官也這麼說，八成是錯不了啦。可是我不想繼續跟他扯上任何關係，現在我爸都不在了，他也可以出去自立門戶，沒理由要他守住爸的偵探社吧？」

來到夜市後，我連爸是偵探的事情也跟伍邵凱說了。

「話不是這樣講啦，可能他只是一片好心想要幫助或照顧你。」

「他一副瘦巴巴的樣子，光看到我兩下子把嚴克奇揍昏，就已經嚇成那樣子了，別到時候出事時我還要分心來保護他。」我才不屑他的保護。他頂多只是頭腦比較聰明而已，其實說到打架，他肯定是被揍的那一個。

「我看你們兩個住在一起，一定會有很多摩擦。幸好剛才被你揍倒的人不是他，哈哈哈哈……」他笑翻了肚子。

拜託，我也很慶幸好不好！

「你還好意思說！還不都是被你害的？」我白了他一眼，「不過我現在算是寄人籬下，還能怎樣呢？只好忍氣吞聲囉，等找到地方搬出去再來打算。」

「找地方搬？其實，我不介意你來投靠我啦！」他三兩下子就吃完一整塊雞排，轉攻一碗看起來色香味俱全的餛飩湯，邊吃邊舉起湯匙跟我說話。

「咦？」我眼裡閃爍著光芒，「你這是認真的嗎？」

「是啊！我租了一間公寓，可是坪數比你那個還要小，如果你不介意的話……」

「當然不介意！」我馬上打斷他的話。只要能遠離那張撲克臉，我一點也不介意！

「可是你要跟我一起分擔房租噢！」

「沒問題！那我什麼時候可以搬進去？」我迫不及待的問。

「隨時都可以啊！」他笑得好不燦爛。

「就今晚吧！」

「今晚？太突然了吧！」

「那明天好了！反正我要趁那個冰山不在家時，才能把我的行李整理好搬出來。」

「冰山？」

「顧宇憂啦！」

他恍然大悟，隨即又大笑起來。

「就這麼說定囉！」我怕他反悔，連忙跟他約定。

「是是是！到時候請多多指教！」

「那是我的臺詞啦！」

「別鬧了啦，趕快吃完回家睡覺去，我明早有課咧。」他拍我的頭。

「對哦，我也是！」一想起明天一早還有課，我無力的垂下肩。

「我來接你？」

「接什麼接啦？講得好像是男朋友接女朋友的樣子。」

「那我順路兜過來載你總可以了吧？」

「這還差不多！」

「去你的！」他又拍我的頭了。

這頓晚飯（還是宵夜？）就在愉快輕鬆的氣氛下吃完。如果剛才讓顧宇憂跟過來，桌上的氣氛一定很僵、很冷，說不定還間接影響我的胃口、阻礙我正常的發育。

伍邵凱算是我在這裡認識的第一個朋友，而且是一起經歷過生與死的朋友……呃，說是同生共死的朋友是否誇張了點呢？

至於那個顧宇憂嘛，我可從來沒把他當成朋友看，我沒把他列入「敵人名單」就已經很不錯了。

目送伍邵凱騎著野狼消失於夜市的盡頭後，我才邁開腳步走回公寓。

沒想到才抬起腳，赫然發現不遠處有個熟悉的背影。

「那不是顧宇憂嗎？」

他獨自坐在一張圓桌旁吃東西。媽的，連吃相都跟貓咪一樣的慢條斯理和優雅。

咦？他也還沒吃晚餐嗎？不不不，他一定是一個人在公寓感到無聊，才會跑下來吃宵夜。

注視著那道有些落寞的背影時，不知怎地，我開始回想起今天那場有驚無險的綁架事件。要不是他及時通知嚴克奇，我和伍邵凱剛才還能活著坐在夜市裡一起大口吃、大口喝嗎？他真的如伍邵凱所說的那樣，純粹只是關心我嗎？

不願意繼續想下去，我努力甩掉顧宇憂那張冷冰冰的臉龐，踩著疲憊的步伐回公寓去。

※…※…※…※

天亮了嗎？

手機不在身邊的日子，真是有夠不方便的，光是不能設手機鬧鐘就夠我頭大了。

我睜開睡眼惺忪的眼睛看著手腕上的錶，發現已經八點半了。

啥?八點半?!我的早課好像在九點耶!哀叫一聲，我迅速衝出房間來到浴室梳洗。

穿好衣服出來後，我發現餐桌上有幾片三明治和盒裝鮮奶，還有……字條?

「早餐，吃不吃由你。」

有沒有搞錯?很像很不甘願我吃他的早餐的樣子。這時候，我應該很有骨氣的擺脫那些看起來好像很好吃的三明治的誘惑，可是我只堅持了半分鐘就投降了。

在踏出門口之前，我硬著頭皮折返餐桌，拿起了三明治和牛奶，然後在等電梯時三兩口解決掉它們。

好好吃的火腿雞蛋三明治啊!不曉得那傢伙在哪裡買的?下次我也要去找找看。

來到公寓樓下，我發現伍邵凱正跨下機車，看樣子好像要跑上樓找我。

「喂!抱歉我遲到了!」

我們竟異口同聲說出同樣的話，然後開始大笑起來。

「看來我們都遲到了!快上車吧!我今天帶了備用的安全帽喔!」

「謝謝!」我接過他遞來的安全帽戴上。

「我還以為你一個人搬不動行李，正想跑上去幫忙呢!」他一邊發動機車一邊說。

「對哦，差點忘了今天要搬去你那邊!」都怪自己睡遲了。

「不急啦！打工結束後再來搬啦，不然明天也可以啦。」他迫不及待的催動油門，然後說：「坐穩啦，不然要遲到了！」

我的「好」字都還沒喊出口，機車轉眼間已來到了馬路上，直飆向學校。

上完早上的課，我們匆匆趕往便利商店拿回自己的所有物。由於下午還有課，我們必須馬上趕回學校，沒想到褲袋裡才剛「復活」沒多久的手機突然響了起來。

我接通來電，又是顧宇憂。

「馬上來警局一趟，你知道路吧？」不容他人反抗的語氣。

警局？

「為什麼？」我大惑不解。

顧宇憂沒說原因，接著說：「叫你那個朋友也一起過來。」

「綁架的事昨天不是已經解決了嗎？」我語氣欠佳，「我等一下還有課咧。」

拜託，誰想老是踏進那個不吉利的地方啊？

「馬上給我過來就是，除非你想要嚴警官出動警隊押你過來。」慵懶的語氣中，帶著不容他人反抗的威嚴。

哼，竟敢威脅我？我忍！

「是是是！我們自己會過去！不用麻煩你們勞師動眾過來接我們！」我氣得馬上切斷來電。

「怎麼了？」伍邵凱盯著我氣得發抖的樣子，怯怯的問。

我好不容易才把生氣的情緒全投進情緒垃圾桶裡，然後對他說：「我們得去警局一趟，那個顧宇憂不曉得又想幹嘛，真煩！」

「既然叫我們去警局，一定有很重要的事吧？」

「哼，最好是這樣！」

「走吧，別讓人家久等。」他嬉皮笑臉的說完，開始發動機車，然後說：「看來下午的課只好蹺掉了。」

「唉，別提了，一旦跟顧宇憂扯上關係，我的霉運就一直接踵而來，真是氣死人了！」我抱怨，好想儘快跟他劃清界線啊。

可不是嗎？要不是他莫名其妙出現在我和戴亞金面前，然後在嚴克奇面前懷疑我是殺死戴亞金的凶手，我就不會遭到黑道追殺。而老爸留下來的房子被燒掉就算了，還斷了我找尋母親的線索。

要是讓我知道他吃飽沒事做找我到警局喝茶，我一定要他好看！

「戴維死了。」

我和伍邵凱一來到嚴克奇的辦公室，他劈頭就是這麼一句。

「死了？」我和伍邵凱互相對望著，一時三刻說不出話來。

「是在自己的臥室被殺死的，死因是被人割斷頸動脈導致大量失血致死，連骨頭都斷了，只剩下一點皮肉連接著頭顱與身體。凶手出手時快又狠，戴維還來不及喊救兵，就已經被抹頸並立即死亡。雖然他的心臟也被刺了幾刀，整個爛到不行，但法醫說是死後才造成的創傷。」

聽完嚴克奇的話，我和伍邵凱再度面面相覷。但是，某警官為何把我找來，還跟我說這些？難道……

「嚴警官，你懷疑是我殺了那個老頭？」我整個人差點跳起來，幹嘛我要一直被懷疑是殺人犯啊？

「我們估計他是在今天清晨四點至七點間被殺害。昨天領教過了你的身手，我不懷疑你也不行了。」嚴克奇瞪了我一眼，繼續說：「可是顧宇憂說，那段時間你都在房裡睡死了。」

是顧宇憂助我洗脫嫌疑的？

我迅速看向顧宇憂，他卻把我的注視當透明，斜靠在椅子上漫不經心的說：「我們調出戴維大宅的監視錄影帶，發現清晨四點多，有個身穿黑衣的長髮女子潛入了戴維的大宅，她只在大宅內逗留不到十分鐘，但要殺死戴維已綽綽有餘，光看戴維的死法就知道了。」

「女凶手！」我和伍邵凱越來越有默契了。

「不排除這個可能性。」嚴克奇輕撫下巴思考，「有人在戴亞金出事的時候，也看到了女人的身影。我看過那個證人的口供，那女子身穿黑色的少女洋裝，擁有一頭黑色長髮，但證人卻不清楚對方長相，因為他以為自己看到女鬼，嚇得趕快逃走了。如果那個女人就是凶手，不確定跟殺死戴維的那位是不是同一人。」

嚴克奇說完，又嘆了一口氣，「凶手的動機我們還在調查中，但不排除是黑道的紛爭，黑道仇殺事件很常上演，為了名利，那些人什麼事情都幹得出來。再怎麼說，A市是個繁華的都市，能搶到這塊肥肉，有夠他們撈的了。」

「雖然凶手的目標不是你們。但這陣子你們兩個還是小心一點比較好。」顧宇憂叮嚀道。

可是他的表情卻跟他的話相差個十萬八千里——令人火大的慵懶，我真懷疑他是貓變成的！沒錯！是貓精！

「沒錯，因為我們擔心戴維的手下以為這件事跟你們脫離不了關係，會跟之前一樣暗地裡找你們麻煩。當然，我們這裡會盡量幫你們交涉，不過你們也不能鬆懈下來。這陣子除了上學，哪裡都別去，出入最好有人陪著，也別去人少的地方……」嚴克奇滔滔不絕的說個不停。

此時此刻，我完完全全相信他是個關心市民的好警察。現在的社會真的好亂好雜，黑道為了爭奪權利竟自相殘殺。這麼說來，戴維父子的死是早有預謀的囉？唉，早知道這樣，那天就別出現在夜店外面，至少戴亞金在死前還可以初嘗戀愛的滋味。不知道現在在九泉之下的他，是否對我懷恨在心呢？

「還有啊，別忘了你現在還是殺死戴亞金的嫌疑人喔，你的行蹤一定要向顧宇憂報備。」嚴克奇突然這麼叮嚀。

原想問他能不能換個擔保人，沒想到他卻繼續說：「幸好顧宇憂肯當你的擔保人，不然我得安排個警察來監視你。對了，聽說你跟顧宇憂住一起吧？記住喔，這段期間都不要離開他。」

嗄？這麼說來，我豈不是不能搬去跟伍邵凱一起住？

如果換個陌生的警察來監視我……哎，被一個警察跟來跟去的，學校的同學、便利商店老闆會怎樣看待我啊？幹！

這麼說來，我是完全沒有選擇的餘地，必須跟顧宇憂繼續同居下去。

討厭啊！我一定要親手逮到那個女凶手，還我自由才行。

哼，女凶手，走著瞧吧！

老爸，把你那聰明的偵探頭腦分一半給我啊……

·第六章·

詭譎的夢

我開始幻想著他的腹部被我開了個大洞……

我滿意的舔著自己鮮血淋漓的手指，發出暴戾的狂笑。

四周瀰漫著鮮血的氣息。

天空下著滂沱大雨，卻洗不去那鐵鏽般的味道。它一直刺激著我的感官，體內有股不明的力量在醞釀著，彷彿隨時都會爆發出來。

胸膛充斥著憤怒的情緒，我漾著嗜血的冷笑，看著眼前那個露出見鬼般驚恐表情的男人。

我的半根食指和中指已沒入了他的腹肌。體內那股力量開始在我身上遊走，我不確定那是什麼樣的力量，只知道稍作用力，整隻手掌將能輕而易舉貫穿那男人的身體。

我開始幻想著他腹部被我開了個大洞，然後倒在地上搐動。我滿意的舔著自己鮮血淋漓的手指，發出暴戾的狂笑……

眼前的男人早已嚇得四肢發軟，眼淚鼻涕全糊成了一團。

「放過我……求求你放過我……」

「放過你?呵呵……奉上你的鮮血，我就放過你的靈魂……」陌生的聲音從我脣中滑出。

「不要、不要……」

感覺肩膀傳來了奇怪的「滋滋」聲，側過臉，我發現自己肩膀染了一灘血，透過已破洞的上衣，裡面有個很深的小口，看樣子應該是中槍了。

不過，說來奇怪，傷口周圍開始長出了新血管與皮膚組織，開始把傷口覆蓋住。肩頭內的子彈，漸漸的從傷口內被擠出來，「鏘」一聲掉在地上。

「夠了，元澍。」

在我還沒回過神時，熟悉的嗓音，拐走了我注意力。

「顧宇憂？」

「放手。」他沉著臉命令我。

「不，我要殺了他！」我怒喊，「殺一儆百！以後那些黑道就不會再來找我麻煩了！我要讓他們知道，我元澍可不是他們招惹得起的！我才不要被捉去當牛郎或凌虐……」

「殺了人，就再也回不了頭了。聽話，放開他。」不理會我的叫囂，他冷靜的打斷我的氣話。

就在此時，被我箝制住的傢伙嚇得連手上的槍都掉了。

槍枝落在地上後發出「轟」的一聲巨響，顧宇憂不由得一怔，倒退了兩步。紅色的液體開始在他的襯衫上化開，他居然被走火的手槍擊中了！

我嚇了一跳，整個人也頓時清醒過來。甩開前面那個只顧著號啕大哭的傢伙，我立刻上前去扶住他。奇怪的是，我無法從他臉上找到痛苦的表情。

他很冷靜，彷彿胸口的傷口不是屬於他的。

「我沒事。」輕輕推開我的手，他無視胸口的槍傷，伸出手，一道疾風倏地從他手心竄出，直襲向那個準備趁機逃走的傢伙。還有一旁早已嚇得屁滾尿流的那些人，也一迸被疾風纏上。

疾風化為又長又細的繩子，把他們緊緊束縛著，令他們動彈不得。

我有些驚訝的看向顧宇憂，那隻紅色的眼瞳閃耀著血色般的妖豔光芒。

「這、這到底是怎麼回事？」

顧宇憂沒說話，但他突然抓住我下巴，強迫我看著他的眼瞳。

在我誤以為下一秒他會強吻我時，我感覺整個人開始昏昏欲睡，然後失去了意識……

幽幽的睜開眼睛，頭有點痛。

躺在床上緊盯著天花板，感覺整個人渾渾噩噩的。

「做夢了嗎？」右手不由自主的撫上了左肩，上面沒有任何疤痕，不像是中過槍的樣子。可是，為何夢裡那種中彈的感覺和痛楚，卻是那樣的鮮明呢？

雖然那些畫面感覺似曾相識，但我記憶裡卻找不到相關的畫面。

「叩叩……」門外傳來了敲門聲。

「誰啊？」廢話，還會有誰，我的「同居」對象只有一個，那就是顧宇憂。

對了！顧宇憂！他似乎也被子彈射傷心臟的部位。

我幾乎是立刻跳下床衝上前去拉開房門，門板另一端的人大概沒想到我突然開門，整個人不由得一怔。

接下來，他眼睜睜看著我掀開他身上的T恤、眼神專注的在他胸前遊走。

「你到底在幹什麼！」一回過神，他馬上拂開我的手，退開兩步，然後厲聲責問我。眼神中，還透露著「你根本就是同志」的信息。

「我剛才夢見我們兩個都中槍了，而且你還被射穿心臟！喂，被子彈射穿心臟會死人的吧？」我連忙解釋。

「哼，你確定自己做的不是春夢？」沒好氣的，他轉身走進廚房，我一時看不見他臉上的表情。

不過，我相信他一定掛著輕蔑的笑意在取笑我吧？

喂，我看起來就那麼像同志嗎？掀你衣服也只是想確定你有沒有受傷好不好？

咦？奇怪，我幹嘛擔心那個冷血的傢伙啊？

悻悻然的轉過身，我正想甩上房門時，那個人的聲音又響起了。

「既然醒了就一起吃早餐吧，桌上有烤土司。」

猶豫著要不要吃他準備的早餐時，顧宇憂先發制人問我今早有沒有課。

「有啊，十點。」沒顧慮太多，我這麼回答。

「那等等吃完早餐我順便載你出去。」

呃？這麼好？半晌我才回過神來，他現在可是擔保人的身分呢，大概是擔心我到處亂跑或惹禍吧。

討厭，感覺翅膀被人銬起來了。

「對了，有沒有衣服要洗？」

呃，怎麼突然覺得他好像老媽子啊。

雖然我是在孤兒院長大的，但裡面的孩子幾乎都把院長當成了自己的爸媽。院長很叨嘮，老是問我們功課做完了沒？房間打掃了沒？衣服洗了沒？點心吃了沒？……呃，扯遠了。

話說回來，擔保人連洗衣服這種工作也包辦嗎？

說實在，來到A市之後，我根本忙得連洗衣服的時間也沒有，房裡那些髒衣物早已堆成了一座小山。

轉身回到房裡，我抄起那些開始發臭的衣物，還有那天晚上被雨水打溼的外套。這可是我唯一的外套，得趕快洗一洗，不然在空調超冷的講堂裡上課時沒外套穿，感覺快要被凍僵了。

當我抱著一堆臭衣物出去時，顧宇憂早已來到浴室外打開洗衣機蓋子。見我把衣物丟進去後，還順手倒上了洗衣精。

當時，我腦海倏地浮現「賢妻良母」這四個字。我不得不對他另眼相看。

「等等順便回去元先生的家一趟，看看有沒有委託信。」

「委託信？」我腦袋一時轉不過來。

「偵探社的委託信。」他解釋。

我恍然大悟。

咦？既然是偵探社的委託信，那為什麼要送去家裡呢？再說啊，那房子已被人一把火燒光了，大家都以為偵探社已暫停營業了吧？誰還會笨得把委託信送過去啊？

當我把問題拋出來時，竟換來「偵探社沒有社所」這幾個字。

「元先生的家，就是接待委託人的地方。不過，一般我們不需要跟委託人見面。」

「為什麼？接不接受對方的委託，不需要見面索取資料或談妥價碼的嗎？」偵探小說都是這樣寫的吧？

「反正偵探社的事輪不到你來操心。」他快速結束話題，來到餐桌旁坐下，把一杯熱牛奶放在對面的位子，再端起前面的罐裝咖啡啜了幾口。

怪了，他怎知道我喜歡喝牛奶？我好像沒跟他提過吧？

接下來，他拿起一片烤土司，熟練的塗上一層牛油，加上火腿、乳酪片和新鮮蔬菜，澆上美奶滋，再放上另一片土司。一絲不苟的把看起來很豐盛美味的三明治擺在小碟上，才放在對面位子的牛奶旁。

重複相同的動作，他又重新做了另一個放在自己面前。熟練的程度，令我眼珠子差點掉下來。

感覺好像被孤兒院裡那個老是替我們準備餐點的阿姨附身了。

「快去盥洗，然後出來吃早餐，二十分鐘後出發。」

「可是現在才八點多……」我還打算回去多睡一個小時啊。

「扣除堵車時間，差不多了。」聲音慵懶，但完全沒有商量的餘地。

「可是我今早十點才有課！」我不厭其煩的重複。

「你是想回去繼續那個被打斷的春夢吧？」

這句話就像是一把利劍，直直的戳中我的要害。

跺著腳，我不再跟他討價還價，這個人不管我說什麼，準會出奇不意找到我的致命傷，然後毫不猶豫的踩下去，幹！

※ …… ※ …… ※ …… ※

顧宇憂的座駕是一輛銀色的進口車。

好有錢啊，加上他那副慵懶和優哉游哉的個性，比較像個衣食無虞的大少爺吧？不過，我可沒興趣探聽他的私事。

「偵探社到底是怎樣運作的啊？」坐在副駕駛座上，打著哈欠，我隨口問問。我是沒興趣接手爸的偵探社啦，憑我這顆迷糊的腦袋，只會把事情搞砸而已。既然顧宇憂沒阻止我追問關於偵探社的事，我也必須弄清楚，免得將來別人問起時一問三不知，多丟臉。

「接受委託、處理委託、完成委託、確認匯款。」

……你需要如此簡潔明瞭嗎？

「意思是說，你們不需要跟委託人見面？」我感到非常驚訝，這到底是不是偵探社啊？

「一般上是不需要的。怎麼？有興趣接手？」他不以為意的問，但他臉上明明就寫著「你不行」這三個字。

「只是問問而已嘛，想了解爸以前的生活是怎樣的。」癟了癟嘴，我只是隨口說說，但旁邊的人突然變安靜了。

「喂……」見他良久沒說話，我好奇的轉向他。原本還想戳戳他手臂，但一想起自己跟他沒那麼熟絡，只好硬生生的收回欲伸出去的手指。

「到了適當的時候，我會把偵探社的事務交代清楚。現在先煩惱如何把那個女凶手找出來，解決你那嫌疑人的尷尬身分。」

也對喔，相信他也不喜歡老是對著一個小帥哥。

或許這個擔保人的身分也是嚴克奇硬塞給他的，由於推不掉，顧宇憂只好勉強答應下來。喂，拜託！我也沒有選擇的權利，我可是被嚴克奇騙著簽下那份文件的好不好！

早知道就先看清楚內容再簽名了……

因此當務之急，必須儘快揭開那個凶手的面紗，我與顧宇憂才能如願恢復「自由身」。

沒想到他跟我想的一樣，既然目標一致，索性跟他聯手追查出凶手好了，雖然我還是不太喜歡這個態度冷淡兼霸道的傢伙。

「可是要找出凶手，談何容易呢？又沒有人見過她的真面目。」前兩次的凶殺案，大家只能認定凶手是個女的，身穿黑色的少女洋裝和披著長髮。

「每次出現時都身穿黑色洋裝的女凶手……」一旁的顧宇憂也若有所思的思考著。

奇怪，穿著洋裝能殺人嗎？怎麼說都行動不便吧？但她殺人的動作還真俐落。

戴維父子幾乎是還沒來得及求救，就一命嗚呼了，而且死狀都很恐怖。現在都什麼時代了，用槍不會比較方便嗎？拿把刀這邊割那邊捅，到處血淋淋的，不怕弄髒自己喔？

我不禁懷疑，那個凶手是個怪人，甚至變態。

「喂，你是不是有線索了？」見他態度認真，我一臉嚴肅的問他。

猶豫了好一陣子，他搖了搖頭。

「說不定她有變裝癖好呢。」把背靠在座椅上，我隨口說說。

可不是嗎？就好比很多女生都很喜歡玩角色扮演啊，我那天晚上才遇到一個。

「變裝？」他像看怪物般看著我，「你的變裝是指……男扮女裝嗎？」說完，他那隻紅眼睛還上下打量著我，一副懷疑我也擁有相同癖好的樣子。

「我沒有！」我立刻搖頭否認，我才沒那麼變態好不好！

他看起來似乎也鬆了一口氣……可惡！

「我說的變裝是指角色扮演啦，最近幾年不是興起這種玩意兒嗎？很多年輕人都喜歡扮演自己喜歡的漫畫或小說人物。」我沒好氣的解釋。

咦？說到角色扮演，那天在大雨裡漫步的濃妝少女，也是身穿及膝的少女洋裝，黑色的。非但如此，就連臉上的妝容也採用黑色系的。

之前戴亞金就在夜店後的巷子裡被人殺害，而剛好那少女也在那時候出現……咦？！難不成……

我立刻把這件事告訴顧宇憂。

「你是說你見過凶手本人？」慵懶的神態一掃而空。

「不確定是不是凶手啦，但我越想就越覺得奇怪，一個女孩子幹嘛三更半夜打扮成那樣出現在下雨的街道上。」連我自己也不肯定她到底是不是那個殘暴的凶手。是的話，那未免太可惜了，這麼漂亮的女孩……

「把正確地點告訴我。」沒有絲毫猶豫，他這麼說。

「呃，就是在我爸家附近而已，我還把地址給她看，向她問路。」我努力回憶那天相遇的情形。

「什麼地址？」

「就是寫著我爸家地址的便條紙啊，只有一個巴掌這麼大張。」他幹嘛如此大驚小怪？害我也開始緊張起來。

「那張紙還在嗎？」索性把車子停在路邊，他整個人側過身來問我。

第一次看見他正經八百的模樣耶。

「應該放在外套的口袋裡面。」

「外套呢？」

「啊！今早已經丟進洗衣機裡面了！」

扶著腦袋，他小小聲的哀號，然後馬上把車子掉頭，折返公寓。

「怎麼了？」我好奇得想死。一張小小的便條紙，值得他如此緊張嗎？

「照你這麼說，那少女很可能就是殺害戴亞金，甚至是殺害戴維的凶手，紙張上面也許有她的指紋，這樣就能透過對比系統找出指紋的主人。」車子持續加速中。

「原來如此。」我拍了大腿一下，恍然大悟，「這麼一來，凶手的身分就露餡了！」

「沒錯。」

我看見他眼裡露出了激賞的神情。正得意時，只見車速持續飆升，眼看已來到了時速一百二十……靠，原來冰山也是個飆車高手！

不出十分鐘，車子已在公寓前煞了車、熄火。

一跳下車，顧宇憂快步走進了電梯，我亦步亦趨的跟著他。

不是我要說他，他連快步走路的姿態都很優雅，跟貓兒一樣，而且健步如飛，我必須小步跑著才能跟上他的步伐。

一踏入玄關，耳際傳來洗衣機已開始工作的「轟隆轟隆」聲響。

顧宇憂第一時間關上洗衣機的電源，打開蓋子從裡面撈出那件濕漉漉的軍綠色外套。

吸過水的外套有點重，我連忙趨前幫忙，與顧宇憂一起把它移向旁邊的水桶內。然後我立刻把手伸進右邊的一個暗袋裡，抓出已經皺成一團、無法打開的紙張。

紙張上面的字跡早已開始褪色。

「都已經溼成這樣子，還能檢測出上面的指紋嗎？」我狐疑。

「不確定。」他蹙著眉搖頭，「但無論如何都要試一試。」

顧宇憂拿來吹風機吹乾紙張，再找出一個透明夾鏈袋，小心翼翼的把紙張放進去、密封，然後隨手把東西收進褲袋裡，再拿起手機撥了一組號碼。

在等待手機接通時，他朝我打了個手勢，示意我跟他一起回到車上。

一踏出門口，電話那頭接通了。

「嚴克奇，我是顧宇憂。關於女凶手的事，我這裡有些線索，那晚元澍在戴亞金被殺的那段時間，看到了一個疑似凶手的少女，麻煩你找些鑑識組的人到元先生的住家門前等我，我現在馬上過去。」

也許是多年來培養出的默契，電話另一頭的人沒有多問，應了一聲就掛斷了。

「你還記得那地方怎麼去吧？」顧宇憂收起手機，人已來到了電梯前面。門一打開，他毫不猶豫的走進去。

「呃，我……」有些為難的看著他，我可是個路痴咧。

「等等我們到附近繞一繞，你盡量找出當時跟那個少女交談的正確位置。還有，你還認得她的長相嗎？」

一提起案件的事，他看起來好積極啊，而且感覺好能幹。

「大概，可是她化了濃妝，很濃很濃的那種。」

「盡量想起來，然後向嚴克奇描述她的長相與外表，他會畫出來。」

說到這裡，我們已經離開電梯，快步走向車子。

「畫出來？」警察還兼職畫畫嗎？

「他在畫畫方面很有天分，很小的時候就開始跟著元先生學畫畫。」發動車子時，他這麼說。

「爸？」也對啦，我爸的畫功很棒，他那幾幅留給我的畫看起來栩栩如生，非常生動。

一想到那幾幅不翼而飛的畫，我不由得目光黯淡，垂下了肩。那是爸留給我的遺物，居然被我弄丟了。

「怎麼了？」旁邊的少年彷彿看出我突然失落的樣子，好奇的問我。

感覺上，他也不是那麼不近人情啦，至少還懂得察言觀色。

該不該告訴他呢？

「畫……」雖然猶豫著，但嘴裡早已緩緩吐出這個字。

「畫？」

「對，爸留下了三幅畫，託安律師交給我。」既然已經說出口，我也就不再隱瞞了。

「什麼樣的畫？」

「就我們一家三口在一起的溫馨畫面，還有一幅是類似惡魔的，另外一幅，我還來不及看就被那些流氓尋仇了。醒過來之後，那些畫就不見了。對了，既然那天是你救了我，那麼你有看到嗎？就裝在一個公文袋裡面，那公文袋好像有防水功能。」

「沒看到。」轉回頭，他專心開車。

回答得還真快！

「是嗎……」那麼，那些畫到底跑去哪裡呢？說不定，不曉得被哪個流氓拿走了……

「咯吱——」車子很快來到一個廢墟前停下，還傳出了緊急煞車的聲響。

這廢墟是前幾天才被黑道縱火、已燒得面目全非的房子，也是爸唯一留給我的棲身之所。爸在那棟房裡留下來的回憶，已被燒成了灰燼。想到這，我就難過不已。

周圍空盪盪冷清清的，偶爾飄來難聞的燒焦味，連個人影也沒有。嚴克奇應該還在路上吧？

率先下了車，顧宇憂來到一根被燻得焦黑的柱子前。以我對那棟房子的認知，那是籬笆門旁邊的信箱吧？由於那地方與房子有段距離，所以並未受到太大的波及。

顧宇憂從身上掏出一串鑰匙，挑了一支有別於一般大小的鑰匙插入上面的鑰匙孔。那把鑰匙有點小，而且鑰匙齒的地方是圓柱形的，非常特別。拉開門，裡面還有一層類似保險箱的門。雙層保護嗎？

按下一串密碼，打開，顧宇憂從裡面取出三個沒有註明收件人的長方形信封。

「這些就是委託信？」

「沒錯。」點點頭，他打開車門，把信封塞進置物箱。

才想問他能不能給我看看委託信裡面的內容時，旁邊傳來了車子的引擎聲。

顧宇憂的車子旁，正好停下了兩輛警車。幾個便衣警察動作俐落的下車，才一天沒見的嚴克奇一看到我，馬上熟絡的跟我打招呼。

目光一接觸他臉上的瘀青時，我內疚得不敢直視他的眼睛。

「喂，小子，今天沒課嗎？」

「有，不過看來得跟學校請假了。」

「請假的事，我替你辦。」顧宇憂突然介入我們的談話。

啥？擔保人連請假這種事也包嗎？我摸不著頭緒。

「對了，你說的地方在哪？」不浪費時間，嚴克奇直接轉向顧宇憂。

然後顧宇憂再把視線轉移至我臉上，嚴克奇與身後的警察也有樣學樣的注視著我。

突然被這麼多人盯著看，我居然緊張得結結巴巴起來，「呃，我、我也不是很肯定啦，要去找找看，不過在這一帶沒錯啦。」

「喂，別告訴我你是路痴喔？」嚴克奇忍住笑問我。

欸，這人懂不懂禮貌啊！竟然當面拆穿我。

我看見顧宇憂的嘴角微微上揚，好像也在偷偷笑我。

「對對對，我是路痴沒錯啦！」我惱羞成怒的嚷嚷，「所以那晚才會兜了這麼久才找到我爸的房子啦。」

「原來你那晚真的迷路了！」嚴克奇表情誇張的張著嘴。

「這很奇怪嗎？我又不是在這裡長大的！」我紅著臉想要扳回面子。

「這話題留待有空再來研究吧。」一旁的顧宇憂已恢復了冷峻的表情打斷我們的話。去他的研究！誰要跟那傢伙討論這種丟人的事啊！

「元澍，不用心急，嘗試在附近走走，我相信你能找到的。」顧宇憂朝我點了點頭。

咦？他在鼓勵我嗎？

像是受到鼓舞般，我輕咬下脣，開始找尋那天跟那個神祕少女碰面的地方。

「天氣這麼熱，你可別害我們全成了紫外線的受害人啊。」嚴克奇半開玩笑的揶揄我。

幸好身後的顧宇憂和警察們並沒被驕陽折騰得太久，一個半小時後，我已經成功辨認出正確位置。

呃，對於我這個路痴來說，能在一個半小時左右找到路已經很不錯了，但對於身後那些黑著臉、汗流浹背的警察們而言，卻是一副很想要把我踹進大海的樣子。

不浪費時間，嚴克奇帶來的那些鑑識人員一邊小聲抱怨，一邊打開工具箱，開始在附近進行採證工作。採證範圍我不是很清楚啦，但據說是要找找看有沒有血跡反應，甚至頭髮或鞋印也好。

呃，我這個外行人，還是跟在顧宇憂身邊好了。

「這幾天下了幾場雨，而且這附近有很多路人經過，即使有證據也被破壞得差不多了。」嚴克奇有些無奈的說。

「盡量做好你們能力範圍以內的工作就行了。」顧宇憂邊盯著那些鑑識人員工作，邊回應某警官的話。

「元澍，你說你見過那個少女吧?而且長得很漂亮喔?」把鑑識方面的工作交給專人去做，嚴克奇將目標轉移至我身上。

「嗯，沒錯。」我用力點頭，「抱歉，要是我早點想起來就好了。」

「呵呵，那也不能怪你，誰也不會把一個漂亮美眉當成殺人凶手，對吧?」說完還瞄了顧宇憂一眼，後者不理他，別過頭去觀察現場的情況。

嚴克奇有些尷尬的咳了兩聲，向我招了招手，「過來，跟我說說看那美女長什麼樣子?」說完，他轉身從車裡拿出畫本，一直翻到了空白的頁面才停下來，然後整個人坐進了駕駛座，再拍了拍副駕駛座，要我坐下。

「呃，就是眼睛大大的，眼睛四周和臉上的妝很濃，而且是黑色系的，頭髮是黑色的波浪捲，身穿及膝和類似蓬蓬裙的黑色洋裝，然後唇膏是……」我把少女的外表據實描述出來，只差氣質方面無法完整的詮釋。

「對了，她額前剪著齊瀏海，而且原本穿在腳上的靴子卻提在手上，也是黑色的。」

「全都是黑色的……」嚴克奇一邊作畫一邊皺眉，「這麼陰沉的女生被你說成了美女，我不禁要懷疑你的審美觀了。」

「喂，她的確長得很漂亮啊。」我不滿的反駁。拜託！我眼光沒那麼差好嗎！

「是是是，原來你喜歡小魔女，哈哈哈……」

咦？怎麼連嚴克奇也用魔女來形容她？

大概是裝扮的關係吧？當下我也沒去在意這麼多。

「等等啊，快好了……」

把畫本背對著我，他完全不讓我偷看，真是個奇怪的畫師……呃，是警官啦。不過他咬著筆蓋的模樣，看起來真的很像在街邊賣藝的畫師。想到這，我忍不住「噗嗤」一聲笑了出來。

「笑啥啊，你這小子。」某人不滿的睨我。

「沒、沒什麼啦。」抿著嘴，我連忙撇開頭，然後在他看不見的角度繼續笑。

「哼，一定是跟那個性格冷漠的顧宇憂廝混的時間長了，不想回答時就索性轉過頭去，一點都不給我留面子。我警告你喔，以後要是再敢漠視我，小心我打你屁股。」

還打人屁股咧，我真不知該哭還是該笑。

「嗯，好了！」他突然放下畫本，然後大聲宣布。

聞聲，不知何時鑽進後座休憩的顧宇憂也湊上來欣賞嚴克奇的大作。

「這是……一尊洋娃娃？」顧宇憂擺出一副被人耍的臭臉。

畫裡的女孩，的確很像洋娃娃，可是她就是長得很像洋娃娃的美女啊。

「就是她沒錯，畫得真像！」

我豎起拇指稱讚眼前的警官，卻被顧宇憂睨了一眼，帶點諷刺的語氣說：「你確定自己看見的少女，是如假包換的人類？」

「當然是人類啊，你以為一個沒有生命的洋娃娃會自己跑上街，還能幫我指路喔？」那晚要不是她幫了我，我大概會迷路迷到天亮吧？

「顧宇憂不是那個意思啦，他是懷疑你那晚撞鬼了。」

嚴克奇話聲一出，我整個人跳了起來：「撞、撞鬼？！」我不會倒楣成那樣吧？

嚴克奇有些同情的拍了拍我的肩，然後嘆了一口氣，「不過這張畫還是會列入通緝犯的名單內，到底會引來多大的迴響，我也不知道啦。」

「對了，還有這個。」顧宇憂沒反對，從口袋裡取出剛才從洗衣機裡撈出來的紙張遞給嚴克奇，「那晚元澍曾向她問路，也證實她確定碰過這張紙，你拿回去化驗下看看能不能找到指紋。」

「紙張？」他露出為難的神色，「你也知道紙張的表面粗糙，不怎麼能留下指紋。」

「但那個少女那晚淋了雨，手上有雨水，就可能會留下。要不經過化學處理好像也行？」

好技術性的談話，我不得不佩服顧宇憂的聰穎……還是經驗？

「怎麼字體全都糊了？」他把夾鏈袋湊近眼前端詳。

「連同外套被丟進洗衣機裡面了。」紅眼少年淡淡的說。

「這樣啊，不確定指紋還在不在，但我叫同僚盡盡人事啦。」

「沒事的話，我們先走了。現在回去學校，還能趕上最後半個小時的課。」顧宇憂說完，硬是拖著我離開，一起回到了車上。

什麼？連半個小時的課也不放過？

「真是個好孩子！要用功讀書喔！」遠處的警官向我們用力揮手。

我是被逼的啊，他在高興個什麼勁啊？還以為今天可以偷懶一下，下午才回去上課的說。

唉，無計可施之下，我只能乖乖被某人押回去學校上課。一路上，我還在想著自己到底是不是真的撞鬼這問題……

·第七章·

魔人傳說

聽說，魔人的體內都寄居著惡魔吧？

聽說，跟那些惡魔立誓約之後，就能與惡魔同步……

把我丟在校門口，顧宇憂叮嚀我沒事別亂跑之後，車子立刻揚長而去，留下了一堆灰塵，嗆得我咳嗽不止。哼哼，我懷疑他是故意的。

帶著憤憤不平的心理來到講堂，這堂課都快要上完了。

由於顧宇憂之前已替我跟學校說了一聲，所以教授沒有為難我，招了招手叫我趕快進去上課，還叮嚀我要記得跟同學借筆記來抄。

上完課，我來到學校餐廳解決午餐問題。咀嚼著有點難吃的炒飯，我開始懷念起早上顧宇憂弄的三明治。好啦，其實這種東西我自己也會弄，只是人比較懶，寧願到外頭解決而已。

我絕對不會承認顧宇憂能做得一手好料理！

一個人百般無聊的盯著人來人往的餐廳，等待著下一堂課的時間。餐廳的玻璃門不斷的被人推開。現在是午餐時間，很多要趕課的同學大概沒有其他選擇，只好留在這裡解決午飯問題，有交通工具的人就另當別論啦。

如果我有一輛機車，大概也不會留在這裡發黴。

一群學生正有說有笑的從門外走進來。看樣子應該是比我高一、兩屆的學長學姊吧？

隨意瞥了一眼，我正打算扭回頭繼續發呆時，沒想到視線卻被一個披著烏黑長髮的女生給吸引住了。不久前，那張漂亮的瓜子臉才在我心裡激起了無數漣漪。

那件事情之後，我身上接二連三發生了很多倒楣的事，才會一時忘了她。

「那個穿著鞋跟有十吋高的靴子的女生……」

可是她今天穿了雙平底鞋，身上套了件剪裁簡單大方的淺色洋裝，看起來跟一般女生一樣嬌小玲瓏的，更突顯出一個美女該有的氣質。她實際的身高應該只有一百六十多，跟伍邵凱差不多。

剛好越過我桌子的她，彷彿也察覺到我一直呆愣愣的看著她，因此有些好奇的停下來打量我。一陣錯愕之後，她立刻揚起璀璨的笑容指著我喊了聲：「小、小朋友！」

去妳的小朋友！

偏偏在美女面前，我的火氣卻燒不起來。

「我是大一的新生啦。」抓了抓頭，我尷尬的糾正她，「對了，我是元澍，還沒請教妳的名字。」這次說什麼也要問到名字才行。

「呵呵，抱歉抱歉，一時叫慣了改不了口。我是戴欣怡，醫學系三年級。」

原來是醫學系的學姊啊，那麼將來會披著白色的醫生袍當個美女醫生囉！像她這種女生真好，人既長得漂亮，頭腦又好。

雖然是學姊……呃，但現在不也流行姊弟戀嗎？呵呵。

在我自顧自的沉浸於喜悅的情緒當中時，旁邊的人也紛紛停下腳步打量我。

「學弟嗎？」有個長得不怎麼樣的男生還熱情的伸出手，「歡迎你喔，我是安永煥，跟欣怡同系的，今年二年級。」

「學長你好。」我禮貌的伸出手跟他緊握，一邊揣測他該不會是學姊的男朋友吧？那麼以一朵鮮花插在牛糞上來形容他再適合不過了。

好吧，我承認，我是因為出於嫉妒才在心裡詆毀他的。

不過，他是真的長得他媽的配不起學姊好不好！

「你們來這裡吃午飯嗎？那我不打擾你們了。」我好像聽見某人肚子傳來了「咕嚕咕嚕」的抗議聲，由於擔心漂亮的學姊也餓壞了，連忙催他們去點餐。

男人嘛，在美女面前必須展現出體貼的一面。

「我不餓。」戴欣怡搖搖頭，「我只是跟他們一起來這裡討論今年的迎新活動而已。」她拉開我旁邊的一張椅子，從容坐下，「你們趕快去買吃的吧，不用管我。」

「那我幫妳點飲料。」剛剛肚子打鼓的安永煥按著肚皮傻笑，朝她點點頭，才跟隨另外三人一起走向點餐處。

「好啊。」戴欣怡笑著回答。

目送他們離開後，她把注意力擺在我身上，「一個人嗎？」

「對啊，我還沒機會認識新朋友呢。」到目前為止就只認識伍邵凱而已。

對了，今天沒遇到那個小子，不確定他今天下午有沒有課，是不是早就去便利商店打工了？昨天發生了戴維被殺的事件後，我一時忘了問他今天打工的時間，等等要撥通電話給他才行。

「這是很正常的事啊，等一連串的迎新活動展開之後，你們就會比較熟稔了。」她露出溫柔的笑容。

對喔，她是為了跟同學討論這活動才會來這裡的。似乎一般大學的學長學姊都會為剛入學的新生舉辦類似的交流活動，幫助新生熟悉學校的環境，以及聯絡彼此間的感情。

這麼說來，學姊應該是系學會幹部之一吧。

「不過，該做決定的人今天沒來學校，也不見得能討論出什麼結果來。」倚靠在椅子上，她看起來有些失望。

「這樣啊……」不清楚她為何要露出這種表情，我只能隨便接話：「反正改天討論也一樣啦。」

「也只好這樣了。」

「對了，學姊，妳那天……為什麼要追那個人？我聽見你們說了什麼還債的事，還把人給押了回去。」趁那群學長學姊還沒回來前，我鼓起勇氣問她那天的事，否則我今晚一定睡不著覺。

「啊，那個呀……你覺得呢？」她似乎不太想說，笑著反問我：「你會覺得我很可怕嗎？」

對一般男生來說，也許大家會認為能把一個男人手腕折斷的女生很可怕，但我可是幹架王啊，又不是沒見過更血腥更暴力的場面，所以一點也不覺得她可怕，只是比較驚訝而已。誰叫她外表看起來只是個弱弱的女生。

當我把心底話告訴她時，她不知笑得多開心。

「元澍，你這個人真有趣。可是那種事你還是別知道比較好，只要記住我是你學姊的身分就行了。」

在搞什麼神祕啊？

院長在我臨走前，跟我提起過都市的女孩都很喜歡搞神祕，以退為進，而且很狡猾，要我多加提防。但最後他又補上這麼一句：「這種女生追求起來也比較有挑戰性和虛榮感。」

嘖嘖嘖，我很有理由相信他一定是個大情聖，只是不明白為何已年過五十歲了依舊維持單身，窩在孤兒院裡跟孩子們玩耍？

「學姊，我的心臟很壯的。」說完，我還拍了拍胸脯，「要不然那天也沒辦法追著你們跑了九條街啊。」

不死心，我厚著臉皮想要套她的話。

見狀，她搗著嘴笑彎了腰，然後搖搖頭說：「還是不行。」

不行嗎？不願意告訴我，代表她對我心存防備嗎？

算了，先跟她要電話號碼，有空時還可以約她出來聯絡感情，說不定再問幾次，她就會全盤托出了。

正在打著如意算盤時，口袋裡的手機突然響了起來，害我整個人微微一顫。

「你手機在響呢。」她好意提醒我。

幹，到底是哪個不知死活的傢伙，居然打擾我泡馬子！

悻悻然的掏出手機，發現來電者是剛剛才在我腦海裡出現過的伍邵凱。下次見面時一定要掐死他，一定要！

「在哪？」他劈頭就是這麼一句。

「學校餐廳。」要不是學姊一直盯著我，我一定不會說實話。

「你沒那麼快離開吧？我過去找你喔！」說完，電話那頭馬上傳來了「嘟嘟」聲。

這小子幹嘛這麼心急啊？討厭，我還想說跟學姊多相處一陣子。這個死電燈泡……我還是第一次對那小子產生了厭惡感。

「朋友嗎？」學姊好奇的問。

「嗯，對啊。」

「那我要不要離開一下？」

該走的人是伍邵凱才對！

「不不，沒關係！」我有些心急的制止準備起身離開的她，「他大概也只是來吃午飯而已，我怕被打擾的是你們。」

「不會啦，我們人比較多，被打擾的應該是你們才對。」她神祕兮兮的笑笑，「女朋友嗎？」

「才、才不是啦！」我有些窘迫的搖頭兼揮手。

我正想開口解釋時，只見伍邵凱橫衝直撞的撞開玻璃門跑進來。

看見戴欣怡的那瞬間，他頓了頓，才開口跟她打招呼。

奇怪，他們認識嗎？

「嗨，我是伍邵凱，元澍的死黨。」說完還用力推了我肩膀一下，害我又差點吐出剛剛吃下的午餐，「你這傢伙，這麼快就交到女朋友啦？」

「喂，別亂講話啦！」他幹嘛在學姊面前講這種話啦，丟死人了。

我馬上轉頭向她道歉：「對不起，這小子說話口無遮攔的，妳別怪他。」說完又向那小子拋了個「你死定了」的眼神，再一把拉住他，把他按在我旁邊的一張椅子上。

「啊！我就在想你手腳怎麼可能這麼快嘛。」他按著肚子大笑，幾乎全餐廳的人都看了過來。

你還說！我立刻捏了他大腿一把。

扭曲著臉喊了一聲痛，伍邵凱才心不甘情不願的安靜下來，但依然不停的掩嘴偷笑。

一旁的學姊可笑彎了腰，「你們的感情真好。」

「還好啦，他是我在A市認識的第一個朋友。」顧宇憂和嚴克奇不算。

「咦？你不是A市的人嗎？」學姊面帶好奇的問我。

「不是，我來自南部的K市。」

「K市啊，聽說是個很漂亮的地方呢。」

漂亮？是落後吧？

這個時候，那些已經點好午餐的學長學姊各自拿著托盤回到這裡，在我們旁邊的空位坐了下來。我們的話題只好暫時打住了。

由於戴欣怡學姊剛剛提到的活動組組長缺席了這次的會議，他們索性放棄了討論活動的事項，在我們面前一邊用餐、一邊哈啦起來。當他們知道我特地從南部來到這裡上大學時，便開始天南地北的聊起了這座都市的事。同樣在這裡長大的伍邵凱，也很快就融入了這個小團體。

換作是顧宇憂，我很難想像眼前的氣氛會有多冷。只要他一出場，這裡大概就沒人敢開口說話了。

奇怪，我心裡老是有意無意的拿那座冰山與伍邵凱作比較……

「這裡摩天樓很多，車多人多，連魔人也很多。」安永煥漫不經心的說。

怎麼又突然提到了魔人？這座城市到底怎麼了？難道這裡的人都相信惡魔的存在嗎？計程車司機、伍邵凱，甚至是眼前的這幾個學長學姊……

眼前的人兒滔滔不絕說起了關於魔人的事，而且內容與計程車司機說的如出一轍。

「喂，元澍，你想不想得到魔人的力量啊？」伍邵凱突然攬著我的肩，表情鬼祟的問我。

「我才不想變成惡魔呢。」我直接吐糟。

聽計程車司機說，魔人的體內都寄居著惡魔吧？

「可不是每個人都能喔，只有被稱為魔人的種族才擁有這種能力。」伍邵凱笑嘻嘻的回應我。

「聽說還能跟那些附在體內的惡魔立什麼誓約，能與惡魔同步喔。」安永煥看起來興致勃勃，一副好恨自己不是魔人的樣子。

還同步咧，他以為打電動喔？我靠……

「不是同步啦，是能掌握惡魔的強大力量。」相信是惡魔信徒的伍邵凱也聊得很起勁。

我看這兩個人可以考慮去拜把子了。

「差不多啦。如果我能擁有那力量，能不能把自己變得比較帥氣一點呢？」安永煥似乎很介意自己那牛糞般的長相。

呃，好啦，這樣批評別人的樣貌好像不太好，就說他是大眾臉學長好了。

「誰知道那惡魔會不會害你？」我沒好氣的說。

「直接去做整型手術不就好了嗎？成了惡魔，可就回不了頭了。」戴欣怡沒好氣的白了他一眼。

沒想到學姊竟跟我同一個鼻孔出氣，我有些意外的看著她。咧著笑，她調皮的吐了吐舌頭。人群裡，她是唯一一個沒有發表「惡魔論」的人，也許她跟我一樣，不相信魔人的傳說吧？

「喂，你們真的相信這世上有惡魔嗎？」我無奈的吐了一口氣。要是街坊那些老公公、老婆婆相信這說法我還不覺得怎樣，但拜託！你們都是大學生好不好！

索性安個惡魔的神主牌來參拜好了……唔，還是魔主牌？

幸好我沒被魔人的話題折騰得太久。

來到了上課時間，我匆匆跟他們揮手道別，跑向下一堂課的講堂。

踏入講堂，我才發現忘了跟戴欣怡學姊要電話號碼……豬頭！

※……※……※……※

安然無恙的度過了平淡無奇的一天。

對於那些喜歡尋找刺激的少年人而言，也許是個苦不堪言的一天。但我可是個崇拜簡單生活的宅男，一抵達A市就面對刺激連連的生活，我已經有些脫水了。希望接下來的日子能順順利利，生活儘快步上軌道、早日融入大學生活，安分守己當個好學生，除了讀書之餘偶爾還能把個妹，談一場純純的、浪漫的戀愛。

拜託！我已經十八歲了，連女生的手都還沒牽過咧，這話傳出去能聽嗎？

絕對不能被顧宇憂瞧扁，哼！

打完工一回到家，我把自己拋在客廳的沙發上，懶洋洋的注視著天花板上那盞照明燈。

難得的平靜，終於有時間好好思考戴維父子的命案。

不曉得早上那些鑑識組的人有沒有查出什麼蛛絲馬跡、已經找到那尊洋娃娃……呃，濃妝少女了沒？

雖然那些黑道的人死不死跟我沒關係啦，但是只要凶手仍逍遙法外一天，我就必須以嫌疑人的身分被顧宇憂監視著……所以這段時間我一定不能偷懶，要做點什麼來撕破凶手的面具才行。

要是讓我知道那個女凶手是誰，一定要把她捉出來打到快掛了才交給警方處置，否則難以消除我的心頭恨。要不是她，老爸的房子也不會報銷掉呀！

對了，說到那個冰山貓男……他跑去哪裡了？

有些不情願的起身離開軟綿綿的沙發，我來到他房門外，伸出手拍了兩下，沒人應門。

哼，那傢伙不知跑去哪裡廝混了，到現在都還沒回來。

老實說，到現在我還不知道這人到底多大年紀了？平時除了跟嚴克奇混在一塊兒，到底都在做什麼？處理偵探社的委託？有必要從早忙到晚嗎？而且他跟我爸一起住咧，這麼說來是沒有自己的家人嗎？

那天在爸的房子裡發現他時，我一度懷疑他是爸收養的孤兒，卻沒時間好好問個明白。如果他真的是爸收養的，那我豈不是不能把人趕出去？

呃，差點忘了，現在寄人籬下的人是我！啊哈，我還是假裝自己失憶算了……

正想轉身前往廚房找冷飲解渴時，眼前那扇門突然「咿呀」一聲自行滑開，裡頭吹出了一陣陰冷的寒風，害我整個人哆嗦了一下，這人的房間怎麼這麼冷？

敞開的房門，好像在歡迎我進去參觀似的。

在好奇心驅使下，我輕輕推開這扇暗褐色的門，小心翼翼的打量視線範圍所及之處的畫面。面對眼前這個主要以黑色和灰色打造的空間時，我一點也不覺得意外。黑色的床架、床單、書桌和電腦，灰色的窗簾、牆壁、衣櫃和地毯，我能感覺一陣冷颼颼的寒風迎面吹來，全身再度起了雞皮疙瘩。

「哈啾──」原來是房裡的空調在作祟，不過感覺上這房間就是比我那間冷很多，有點反常！

書桌後面是一個很大的書櫃，裡面整齊的擺放了很多書籍，幾乎快把整個書櫃擠爆了。

我環視房裡的擺設，發現這裡不像是剛搬進來住的地方，反而更像……已經住了好些年的房間了，顧宇憂總不可能在短短幾天內就收集了這麼多書本吧？更不可能在短時間內把房間裝修成自己喜歡的模樣吧？

我住的那間睡房，牆面只有普通的白色和蘋果色。

再說呀，他之前不都一直住在爸的洋房裡嗎？我們為了避開黑道的追殺才會暫時住在這。只是「暫住」而已，需要把整個書櫃都搬過來嗎？

我心裡不由得浮現了怪異的感覺。

呃，還是別在別人房間裡探險了，免得被他發現後捉我來嘮叨一頓。我可不想被那座冰山說教。

轉身之際，我瞧見桌上堆了兩個看起來非常眼熟的信封。

咦？那不就是早上剛從老爸家那個「保險箱」裡頭取回來的委託信嗎？

說是保險箱一點也不為過，我還是第一次看見住家採用如此先進與安全性極高的信箱，也許爸想要保護這些委託信，避免被人盜走吧。

委託信被盜走，大概會很麻煩吧，也會給委託人帶來困擾。

當下我沒懷疑那麼多，隨手拿起那些信封，發現全都已經拆封了。反正顧宇憂沒說我不能看這些委託信，於是我打開最上面的信封抽出了裡面的紙張。

『懷疑有血祭事件，地址：XX市XX巷，門牌XX號。』

血祭？啥東西啊？

我滿腹狐疑的抽出第二封委託信。

『懷疑有魔人滋事，地點：XX市XX巷，特徵：XXXX。』

「魔、魔人？！」我目光馬上被這兩個字吸引住。

什麼意思？A市……甚至這世界上真的有魔人嗎？我沒看錯吧？就是計程車司機、安永煥和伍邵凱提起過的魔人吧？

然後，這種委託信為何會出現在老爸家的信箱裡？

兩腿一軟，我跌坐在地上，手裡抓著那些信反覆問自己，爸跟魔人到底有什麼關係？這種委託信，怎麼看都不像在開玩笑吧？

還有，我早上明明看見顧宇憂從信箱裡拿出三個信封。第三封委託信到哪裡去了？

突然我眼前一尖，瞧見書桌旁邊有個紙團，正安靜的、獨自躺在一個看起來很乾淨的垃圾筒裡。

在好奇心的驅使下，我抓起那紙團打開一看，相信這應該就是那第三封委託信，但信件內容只有那麼一行字——

『尋找元漳日記簿。』

沒有署名、沒有地址、沒有聯絡方式。

元漳……不就是我爸的名字嗎？那個人要找我爸的日記？

「爸有留下日記？」不可能啊，安律師從沒提起過爸的遺囑裡面，也包括了這本日記。

不不，還是問清楚一點比較好。

不假思索，我立刻打了通電話向安律師確認一下。

可是，他完全否認爸有留下日記簿這回事。

「過去五年裡，我也沒聽說你父親有寫日記的習慣。」

咦？等等，日記算是一種很隱私的私人物品吧？絕對不可能交給第三者，甚至是自己的兒子。因此，即使那本日記真的存在，說不定仍留在爸的房間，或是房子裡的保險箱，甚至是有點隱密的地方？

委託信的主人是誰？他為什麼要找我爸的日記？

隨手把那張紙塞進口袋裡，我退出顧宇憂房間並帶上門，然後掏出手機打了通電話給伍邵凱，硬把還在歸家途中的他叫回來。

他不久前才剛送我回來，然後再自己騎車回家去。根據時間推算，他現在應該還在回家途中，要折返這裡無須花費太多時間。

只聽見他在電話另一頭哀號一聲，卻沒拒絕我這任性的要求。

原本我應該向顧宇憂求助才對，可是在看了那些委託信之後，難免對這個人起了疑心。

他幹嘛要把別人委託找我爸日記的委託信丟棄？為什麼偵探社會被委託處理與魔人有關的

事？這是我想破頭也想不明白的事。

所以我現在唯一能相信的人，就只剩下伍邵凱了。

拿起背包，我以最快速度來到樓下等他。不到十分鐘，他已出現在公寓門口。

「好快！」我驚呼一聲，再跳上野狼的後座。

「老兄，我一路衝著來的啊，還闖了兩個紅燈，要是接到罰單，就唯你是問！」他朝我扮了個鬼臉。

回了一個無奈的笑臉，我知道他是開玩笑的啦。

雖然認識的時間不長，但我們還是挺有默契的。

「什麼事這麼急？」催動油門衝出馬路，他回過頭來問我。

「收到一封很奇怪的信，有人要找我爸的日記，不知道要幹什麼用。」我沒說出那是封委託信，更沒透露那些與魔人有關的委託信，要是他問長問短的，我還真不曉得該如何跟他解釋。

「暗戀你爸的人吧？」

「去你的！」都什麼時候了還開這種玩笑，沒見我心急如焚要找出那本日記的表情嗎？我的手在他背上重重打了一下。

「喂，你謀殺啊！翻車的話你也好不到哪裡去。」

「哼，我早一步先跳車了。」

「沒義氣！」他不滿的癟嘴。

我們一路打打鬧鬧，很快就來到了目的地。

把野狼停在一個光線充裕、不可能被偷走的地方後，我們才一前一後踩在那堆已被燒得焦黑的廢墟上。

「你為什麼很肯定日記在這？」跟著我走向我爸房間的少年好奇的問。

「因為他生前住在這裡啊。」我說出非常合乎邏輯的話，「那日記一定藏在屋裡的某個角落。」

「找到了又怎樣呢？送去給那個暗戀你爸的人喔？」他還在開同樣的玩笑。

「喂……」我差點就要隨手抄起一根焦木擲他。

他連忙笑嘻嘻的躲開，再高舉雙手大喊投降。

拋下焦木，拍去手上的汙漬，我開始認真思考伍邵凱剛才的問題。

「如果真的找到……」歪頭想了一會兒，我才繼續說：「日記當然不能給他，說不定裡面記載了我爸生前的事，是我用來回憶爸的最佳禮物……很珍貴的禮物……」一顆心莫名其妙被傷感的情緒緊緊裹住了。

好吧，我承認，雖然不知道爸為什麼要棄養我，但一想起無緣見面的老爸，心裡面還是會覺得遺憾和惋惜。

「而且我還要追問他要我爸的日記幹嘛，說不定，那個人還知道我媽的下落。」我繼續說。

「咦？你有媽媽？」伍邵凱看起來很驚訝。

點點頭，我把自己想要找出我媽的決心告訴他，這也是我繼承爸遺產的原因之一啊。

他拍拍我的背，給了我一個鼓勵的笑容，「那就別再遲疑了，我陪你一起找吧。」

那張誠懇認真的臉龐，令我莫名其妙的感動起來。原來他不是只會亂鬧和幹架而已，偶爾亂說的話也挺有激勵成分的。

用力點了點頭，我感覺渾身充滿了幹勁。

可是樓上的房間全都倒塌了，我們只能從樓下最角落的地方找起。幾乎廢墟上所有被燒成灰燼的東西都被我們翻找過了，卻找不到類似日記的本子。別說日記了，這裡就連一本書籍，甚至筆記本也沒有。

奇怪，爸是個偵探，平時在家一定有個書房或辦公的地方吧？撇開睡房不說，那個辦公的地方總會有一些記錄偵探社瑣事或案子的本子、文件夾吧？但我們沿著廢墟來回走動、翻找，直到筋疲力盡，始終找不到任何書籍，或類似筆記本、日記本的「焦屍」。

好奇怪，看來房子裡沒有書房也沒有辦公的地方，那麼爸當初到底在哪裡處理偵探社的事務？

百思不解的我，一直在對著那些廢墟喃喃自語。

「喂，你幹嘛不直接問你褓姆啊？」已經累垮的伍邵凱直接坐在一根倒塌的柱子上，大口大口的喘氣。

「褓姆？」誰啊？

「顧宇憂啦。」

「去你的褓姆！」我作勢要踹他，身手敏捷的他馬上滾走。

「你不是說了他是你爸的助理嗎？你爸有沒有寫日記的習慣、把日記收藏在哪，說不定他都知道。」伍邵凱問道。

「是這樣嗎？再看吧……」我隨口應他。

問顧宇憂嗎？省點力氣吧！連有人要找我爸的日記這麼大的一件事都瞞著我的人，會告訴我才有鬼！不過除了他，好像真的沒其他人好問了……

一時間，我也不曉得接下來該怎麼做，加上我們兩個人看起來又累又髒，像是已經幾天沒洗澡的乞丐，只好先叫伍邵凱載我回家。

※ … ※ … ※ … ※

陽光普照的一天。

上完今天的課，我來到車棚等伍邵凱時，忽然看見顧宇憂迎面走來的身影。

這人終於捨得出現了嗎？

昨晚我幾乎是一洗完澡，換下一身髒衣後就累得趴倒在床上，直接進入了夢鄉。但印象中，這個紅眼少年好像還沒到家，他到底上哪兒去啊……

「魔人」這兩個字倏地撞進我腦海裡。

難道他三更半夜不回家，是跟那些委託信有關？

一想起這個曾經被人熱烈討論的話題，而且顧宇憂及爸的偵探社又跟這種事扯上邊，一時間，我腦袋亂糟糟的。

咦？對了，這個人幹嘛出現在大學校園裡？而且還朝著我的方向走過來？不會是特地跑來找我的吧？

我轉過身，佯裝沒看到他。

「元澍。」

聲音從我身後傳過來。不用猜，那是顧宇憂的聲音。

「喂，你這個人怎麼這樣死纏爛打的？這裡是我學校咧！雖然你曾經是我爸的助理，可是我爸都已經死掉了，拜託你別像個老頭子一樣干涉我的生活啦！」我沒回頭，一口氣說出憋在心底已久的話。

我仍在煩著委託信的事，整個人暴躁易怒，竟把氣發洩在貓男身上。但事情是因他而起，我一點也不覺得內疚。

「伍邵凱下午臨時有課，今天由我接你回家。」他忽略我那些話，漫不經心的說。

「伍邵凱沒跟我提過……」我的話還沒說完，褲袋裡的手機忽然響了起來。

「喂？」我幾乎是立刻接通來電，因為我不想再跟顧宇憂說話。

「元澍！抱歉啦，我下午臨時有課，為了安全起見，我已經通知你褓姆帶你回家囉！啊，教授進來了，我們今晚再聊！」

伍邵凱，我又不是三歲小孩子，自己會回家啦！

「可以走了嗎？」身後的人好像已經猜到了來電者是誰，他很有耐性的站在原地等待我的回應。

我正想拒絕他的好意時，他已經轉身按下停放在車棚裡的轎車的中控鎖。那輛車子……不就是他的座駕嗎？

可是，那是學生的停車位耶！

「別用那種眼神看我，我可是你學長。」他坐進了車子，順便替我打開了副駕駛座的車門，然後看了看手錶，好像在等人。

「啥？學、學長？」我大吃一驚，顧宇憂是我學長，又是老爸的助手？他自己打工賺取學費甚至生活費嗎？

「別磨磨蹭蹭的，快上車！」

我馬上回過神來，帶著一肚子的問號鑽進車裡。

啟動了車子引擎，他又瞥了一眼手上的錶。

「趕時間啊？我可以自己搭計程車回去啦。」看來買機車的事要儘快落實才行，不然伍卲凱沒空，我就得跟這座冰山送作堆。

解開安全帶，我迫不及待打開車門。

「不是，在等人。」

「誰？」

「……女生。」

咦？女生？！該不會是女朋友吧？嘖，連冰山都能交到女朋友，我心裡開始有點不平衡了。

在我大吃一驚的同時，車後傳來了一陣開門關門的聲音，感覺有人坐上了後座。

「對不起，剛才洗手間爆滿，讓你們久等了真的很抱歉！」

咦？聲音怎麼這麼熟？

我轉過頭，正想瞧瞧是哪個沒眼光的女生，竟會挑上這種一板一眼的男生時，差點沒被嚇得當場扭傷了脖子。

「戴、戴欣怡學姊？！」

那張溫柔美麗的臉龐一看見我，也興高采烈的向我打招呼。

「元澍！怎麼會是你？你怎麼會認識阿宇的啊？」

咳！這女生竟叫他阿宇，喊得如此親暱，難道真的被我猜中了？死冰山居然交了一個這麼漂亮的女朋友？！幹……

我好像聽見自己心碎的聲音，連帶著追求人家的機會也碎了一地，好沮喪啊。

「嗯，認識啊……」轉回頭，我有氣無力的回答。

「兄弟嗎？」她顯然對我們的關係大感興趣。

「不是，他是元先生的兒子。」回答的人，是正在倒車的顧宇憂。

「啊！」她的聲音聽起來很驚訝，「原來你就是元先生失散多年的兒子！」

她連我爸也認識，看來跟顧宇憂的關係一定非比尋常。憑顧宇憂這種冷冰冰的性格，要不是女朋友的話，鐵定沒機會從他口中套取任何消息吧？

「原來長得這麼可愛！」

我從後視鏡看過去，她一副好想伸手捏我臉頰的樣子。

「……」我的長相在她眼裡只停留在可愛階段而已嗎？要不是顧宇憂也在場，我一定會追問到底！

「對不起啦，就那個迎新活動啊，很多事情需要阿宇來決定，所以才會約好一起吃中飯，你不介意吧？」她靠近我身後的座椅拍拍我肩膀，問我。

啥？原來顧宇憂就是那個活動組組長？看吧看吧，還一起辦活動呢！而且他們還打算一起吃午飯，那我算什麼？電燈泡嗎？

我開始自暴自棄起來。

「你們是怎麼認識的？」已經把車子開出校園，顧宇憂若無其事的打斷我們的談話。

哼，沒禮貌。

「嗯，見過兩次面啦，元澍是個很有趣的學弟。」

「校內？」

「沒啦，先是在街上……」

我正想解釋，沒想到學姊飛快打斷我的話，接下去說：「對啊，在街上不小心撞在一起了，呵呵呵……」說完還向我使了個眼色。

不明就裡的我傻愣愣的看著她，追債的事，為什麼不能告訴顧宇憂？

但我沒多加追問，只是滿腹狐疑的點個頭，「啊，對呀，都怪我太糊塗了。」

「是嗎？」顧宇憂面無表情的聳了聳肩，然後換了個話題：「已經決定好吃午飯的地點了嗎？」

「我不挑食，倒沒什麼意見啦。」她對顧宇憂報以一個溫柔的笑容，迷得我頭暈目眩。

我內心還在滴著血，然後一邊詛咒顧宇憂的祖宗十八代，一邊開口回道：「我也隨便。」聲音明顯帶著濃濃的醋意。

·第八章·

他們全死了

我放大膽子踏前一步，發現死的那幾個人……
居然全是跟我交過手甚至說過話的人！是巧合嗎？

車子來到了一間很普通的中式餐廳前面。

這間餐廳是戴欣怡學姊提議要來的，她說這家店上星期才剛開始營業，聽說東西還不錯吃，價格也算公道。我與顧宇憂沒有異議，地點就這樣定了下來。

顧宇憂先讓我與戴欣怡在正門口下了車，才把車子開去旁邊的停車位停好。

一推開餐廳的玻璃門，這個長得很漂亮但已經是別人女朋友的美人學姊直接拉著我的手臂，把我帶到餐廳一個無人的角落。

「元澍，能不能拜託你一件事！」她雙手合十，可憐兮兮的看著我。

「怎、怎麼了？」我大吃一驚，她幹嘛拜我啊？

「那個討債的事，拜託你能不能替我保密？在阿宇面前更不能說！」一雙水汪汪的眼睛直接看進我眼瞳裡，害我一顆心「怦通怦通」跳個不停。

原來是這麼一回事。

「為什麼不能說？」幸好我還能保有理智，直接問她重點。

「我就老實跟你說好了，我喜歡阿宇！」

「啥？」妳都已經是人家的女朋友了，喜歡他也是理所當然的啊。

「唉，我老實告訴你啦，其實我家是混黑道的，我來自黑道，身不由得已，那種收債的工作也算是家族生意……可是我擔心大家知道我的背景之後，因為感到害怕離我而去什麼的，所以一直在大家面前隱瞞自己黑道的背景。」她面帶無奈的吐了一口氣，「誰知道那天會被你看到，我也很懊惱啦，卻不能殺你滅口，哈哈哈……」

說到最後，她突然發出銀鈴般的笑聲拍了我手臂一下，「開玩笑的啦！那天你也是擔心我，所以才會追上來吧？老實說，我很感激你。所以，這種事拜託拜託你一定要替我保密，特別是阿宇！」她撒嬌的時候還真的很迷人。

「我喜歡阿宇已經有兩年了，雖然他看起來並不在乎我，但只要能待在他身邊，偶爾一起吃頓飯，就已經很不錯了。」她像隻小貓般露出可愛的笑容。

我恍然大悟，但隨後又被一種叫做「嫉妒」的感覺給甩了幾巴掌。

該死的顧宇憂，身邊有個臉蛋漂亮、身材又好的女生繞來繞去，他竟不把人放在眼裡？他到底是哪根筋斷掉啊？如此深情和用情專一的女生，換作是我，早就拿來當女朋友了！

我好生氣，也好……想哭！我的女神啊……

「可以嗎？拜託！」她有些心急的看著門外，繼續問我。

透過不遠處的那扇玻璃門，我看見顧宇憂早已停好車子，正踩著優雅的步伐向餐廳走來。

雖然我巴不得在顧宇憂面前破壞女神的形象，好讓我自己有機會追求她，但最後還是禁不起她苦苦哀求，無奈的點了點頭。

靠，我長這麼大從來沒那麼挫敗過！

我竟徹底的輸給了顧宇憂，在各方面都是，而且還輸得一敗塗地！

「元澍！謝謝你！」她漂亮的眼睛眨巴眨巴的看著我，透露著歡欣的信息。

我勉強笑一個，免得心事被她看穿。

顧宇憂進到餐廳與我們會合後，戴欣怡學姊挑了二樓一個靠近角落的位子。各自點了套餐，學姊突然鬧肚痛，只好起身奔向樓下的洗手間。我記得她在上車前也跑了一趟洗手間，是腸胃不適嗎？

過了十分鐘，餐點都已經端上來了，學姊卻還沒回來。顧宇憂撥她手機，沒想到她的手機卻連同手提包一起留在椅子上。

「先吃吧，女生……是會比較麻煩一點。」他把餐點推向我。

點點頭，我認同他的說法。院長說過，女生上個洗手間至少也要半個小時，這種說法一點也不誇張。如廁後說不定還要補個妝、護理一下雙手或整理頭髮……總之很麻煩就對了。

拿起餐具，我與那個坐在正對面的少年一起開動了。

顧宇憂像隻貓兒般輕輕的叉起食物，優雅的放進嘴裡咀嚼、吞下，再啜了一口飲料……害我這個狼吞虎嚥進攻眼前炒飯的人，也開始放緩了進攻速度。

在這種男生面前吃飯，很容易感到自卑，沒事這麼斯文幹嘛啦？

吃完一大半的炒飯，我才突然想起可以趁機問清楚那些委託信的事，不然總覺得一顆心懸在那邊，一點也不踏實。

「偵探社通常接一些什麼樣的委託？」幾經掙扎，我終於把話問出口了。

「我以為這問題在那天已經回答過了。」他似乎不願多說。

看吧，我就覺得有古怪。

「可是偵探社是我爸的。」

「就一些很普遍的委託。」見拗不過我，他只好淡淡的說。

「那昨天那疊委託信，是什麼樣的委託？」我假意問他，其實是要看他有沒有在騙我啦。嘿嘿，沒想到我這麼聰明吧？

頓了頓，他稍微抬頭瞥了我一眼，淡淡的問：「很重要嗎？」

「對，很重要。反正偵探的事我遲早都要接觸，不如早點介入學習。」我開始佩服自己的機智，而且隨機應變的能力越來越好了。

我在心底小小聲的為自己歡呼。

「只是很普通的委託，這幾天會儘快處理好。」他頭也不抬的說。

這幾天？難道他昨天一整晚不見人影，就是跑出去處理那些跟「魔人」有關的委託？

如果直接問他的話，他大概也不會告訴我，會一直用「很普通的委託」來打發我吧？

對了，昨晚有封委託信不是說哪邊有魔人滋事嗎？而且清楚列出了對方的特徵，不如今晚悄悄溜出去看看，說不定能弄清楚這世上是否真的有魔人，抑或只是個綽號或代號什麼的而已。

至於有人委託偵探社尋找爸日記的事，我就一定要質問顧宇憂。

這是我今早反覆思考良久後，才決定要這麼做。

「那個……」沒想到我都還沒開口，他那支放在桌上的手機突然響了起來。

手機的發明是為方便人們隨時隨地互相聯繫，卻也經常成為打斷人們面對面溝通的罪魁禍首！

「喂？」放下刀叉，他動作俐落的接聽來電。

對方說了老半天的話，他只是神色凝重的應了一句「我知道了，馬上趕過去」，就把電話切斷了，然後拿起餐巾擦了擦嘴，直接站起身準備離開餐桌。

當他瞥見學姊留在椅子上的手提包時，微微皺眉。

「發生了什麼事？」我好奇的問他。

「戴維的手下死了好幾個，在他們總部的會館。」

「怎麼又死人了？」我的心也涼了大半截。

下一秒，顧宇憂直接拎著學姊的手提包，來到餐廳樓下的女廁外面敲門。

他還真是毫無忌諱。

「戴欣怡，妳在裡面嗎？」

「啊？阿宇，抱歉讓你們等了這麼久！」裡面傳來了有些慌張的聲音。

「沒關係，只是想告訴妳一聲，我們有事先走了，手提包我寄放在餐廳的櫃檯。」

「你們都吃過了嗎？有什麼事不能等吃飽了才去辦？」

「緊急事件。」

說完，他不等裡面的人回答，逕自走到櫃檯把手提包交給一個看起來很像店長的人，然後離開餐廳到停車場取車。我緊隨在後，跟他一塊兒上了車。

唉，算了，現在不是跟他討論日記的時候。

收拾起紊亂的心情，我安靜的看著他猛踩油門，車子馬上化身成一頭豹，在馬路上全速前進。

「哇——」還沒來得及繫上安全帶的我整個人撞上了旁邊的車門，痛死我了！為什麼我認識的人都有飆車的惡習啊？他們年少時一定曾經是飆車黨的不良少年！

※……※……※……※

匆匆來到戴維手下平日聚集的會館時，外面早已圍滿了好奇的人群，他們全指著會館議論紛紛，竊竊私語。

留守於會館外的警察一看見顧宇憂，馬上拉開警戒線讓我們進去。只要發生命案的地方，顧宇憂就一定會出現，負責調查命案的重案組警隊早已見怪不怪，對於他的出現習以為常了。

一開始，顧宇憂堅持要我留在車上，可是我說什麼也不肯，留在車上沒事可做多悶啊。他沒辦法，只好叮嚀我別亂碰或破壞命案現場的證據後，才允許我跟進去。

「死了六人，全都被割斷咽喉，死後心臟還被刺破、抽出體外，手法俐落而且不拖泥帶水，不排除是同個凶手的傑作。」嚴克奇神色凝重的把話說完，才發現了顧宇憂身後的我，他頓了頓，好奇的問：「你怎麼來了？這裡可不是你這孩子該來的地方。」

「孩子？」我看了看顧宇憂，問：「那他是什麼？」雖然顧宇憂是我學長，但是看上去最多也大我一、兩歲而已。

嚴克奇有些尷尬的咳了兩聲，刻意忽略我的話，轉向顧宇憂說：「唉，沒想到戴維死後，連他的手下也慘遭毒手。樓上窗口的玻璃破了一塊，相信凶手是從二樓破窗而入的，然後殺死了戴維的六名手下。那些逃過一劫的生還者說，凶手是個女孩子，黑色捲髮、黑色濃妝、身穿黑色洋裝與黑色鞋子等等，全都跟我的畫如出一轍。」

「同一人。」顧宇憂眉頭一揚。

「果然是她嗎？」我暗暗心驚，我那晚竟然向一個女凶手問路！她沒當場殺我滅口，我應該感到慶幸嗎？

「如果是黑道仇殺事件，那麼殺害戴維的手下，只是想給予警告嗎？」嚴克奇摸不著頭緒，「那個娃兒般的女凶手，下手真狠，不確定是不是職業殺手啊。」

「就算是職業殺手也是受僱於人，所以無論如何一定要捉到她。」

「沒錯，一定要阻止她繼續殘殺無辜。喂，屍體就在裡面，你要不要去看一下？」嚴克奇指了指會館裡面。

顧宇憂點了點頭，卻不放心的轉過頭來對我說：「你在這裡等我，別亂跑。還有，記住我剛才說過的話。」交代完畢，他馬上跟嚴克奇一起踏入會館。

只要不破壞現場證據就行了吧？

把雙手交握於身後，我也跟著抬腳走了進去，開始來回走動和觀察眼前的景物。

眼前是一間看起來很普通的會館，只有一些簡單的桌椅、電器和電視機。旁邊還有個小房間，裡面都是一些先進的運動器材。

而那六具屍體就這樣七橫八豎倒在大廳的地板或桌面上，幾乎快被割斷的脖子仍在汩汩流血，掛在胸前的那顆破裂的心臟，也不停的出血。他們體內的血幾乎全灑在地板和桌面上，濃烈的血腥味頓時瀰漫了整個空間。

凶手的手法，讓人感覺像在玩耍。

被割破脖子的人，要活下去根本是不可能的，為何還「好玩」的刺破、抽出他們的心臟啊？那天，戴維的心臟不也被戳破嗎？嘖。

雖然他兒子戴亞金死後心臟完好無缺，但腦袋卻被削掉了。

那簡直是把人類當成玩具的變態……呃，是變態又漂亮女凶手，殺了人還非要「弄壞」死者的其中一種內臟不可，搞得現場血淋淋的像被潑了紅漆一樣。

我有些無奈的垂下肩。

一名身穿白袍、看起來像是法醫的男人正在檢查那些屍體，顧宇憂也戴上手套，神情專注的一邊檢查屍體，一邊聆聽法醫的初步驗屍報告，完全沒空理我。

我放大膽子踏前一步，發現死的那幾個人……居然全是跟我交過手甚至說過話的人！不管是在警局附近、便利商店還是老爸的房子外……

不、不會吧？只是巧合吧？是吧？

我的呼吸開始變得急促，不由得退開幾步，直到無路可退，我把身體緊緊倚靠著牆角，彷彿失去牆面的支撐就會隨時倒地似的。

「元澍……他們全都是因為你而死的……」

腦海裡忽然響起了奇怪的聲音。那聲音彷彿鑲了魔法，把我的魂給勾走了。是個女人的聲音！而且像是來自地獄的聲音般陰森森的，幾乎能控制我心智，令我感到心神不寧。

「是、是誰？」感覺有股寒意從大腦蔓延至全身。

我東張西望，發現周圍的人各忙各的，哪有人跟我說話呀？是幻覺嗎？也許自己最近累壞了，只是一個普通大學生的我，瞬間變得神經衰弱也是情有可原吧？還是……精神分裂症？

我緩緩閉上眼睛，努力讓自己冷靜下來，不料那個莫名其妙的聲音又再度響起。

「那些人是因為你才死的……只有讓自己手上染滿鮮血，才能停止這一切……」

「討厭！討厭！我才沒精神分裂症……」把自己藏在一個人們看不見的角落，我抱著頭，想把那擾人的聲音驅出腦海。

不知過了多久，那聲音終於停了下來，周圍的喧嚷聲也漸漸消失了。

我把眼睛睜開一條縫，發現自己抱著膝蓋坐在牆角，看起來像個被父母鞭打後蹲在牆角哭泣的孩子。

那些人全都走光了嗎？可是屍體還在啊。

「蹬蹬蹬……」空無一人的空間裡，只剩下一個人的腳步聲。

沒錯，我聽得很清楚，是一個人。那聲音在偌大的空間裡迴盪不去，非常詭異。

我站起身，看向聲音的來源，發現顧宇憂蹲在那幾具屍體旁，那隻紅色的眼瞳銳利的盯著那些死人。然後他伸出手，眼前的屍體開始冒出了不明的淡淡白煙，眨眼間全沒入了他的額間。

我腦海裡頓時浮現一個相同的畫面。

幾天前，顧宇憂也曾在戴亞金的屍體旁做出這種事！

他……他到底在幹什麼？那些白煙究竟是什麼？靈、靈魂嗎？

恐懼的感覺開始襲向我的感官，我一個踉蹌，狼狽的摔倒了，發出了巨大的聲響。

在顧宇憂還沒發現時，我已經連滾帶爬跑向門口，一口氣飛奔至會館外，在一個無人的路邊

跌坐了下來，然後盡量不去回想那個充滿詭異和可怕的畫面。

那個顧宇憂到底是人是鬼？還是妖？他的一舉一動那麼像貓，難不成真的是貓妖嗎？還是貓精？

說好不去想的，但關於顧宇憂身分的揣測卻不停的在我腦海裡冒出來，連喘一口氣的空隙都沒有。

「元澍！原來你在這裡！」

「啊——」肩膀突然被人拍了一下，我反射性的叫了一聲。

回過頭，嚴克奇正滿臉恐懼的看著我。

「你……你沒事吧？」

「對、對不起！」我連忙道歉，然後紅著臉低下頭來，露出了難為情的苦瓜臉，他一定覺得我很遜吧？

不過，當他知道我在怕什麼的時候，大概也會跟我擁有相同的表情吧？

我正猶豫著該不該把剛才看見的畫面告訴他時，他卻如釋重負的拍了拍自己的胸脯說：「嚇死我了，我以為你被鬼上身，啊哈哈……因為裡面有六條冤魂啊，說不定你時運低……」

「什麼啦！拜託這笑話很冷。」我不高興的打斷他的話。

「顧宇憂一直在找你呢，我猜想你第一次看見這麼多慘死的屍體，一定是嚇到跑去躲起來了，果然不出我所料，哈哈哈……」

這個該死的警官繼續取笑我。

「哼，才不是呢！」忍住想要揍他的衝動，我在心裡吶喊。

我不想搭理這個死警官，正想起身離開他身邊時，赫然發現顧宇憂正踩著貓兒般輕盈的步伐，臉上掛著懶懶的笑容走向我們。

我不由自主的退後一步，努力克制自己想要掉頭落跑的念頭，勉強站直身體。

「原來你在這。」顧宇憂重複了嚴克奇剛才的話。

「對不起，我沒跟你們說一聲就跑出來。」我低著頭說話，不想讓他看見我臉上的表情。

「回去吧。」他簡短的說。

「可以的話，順便帶這小子去收收驚吧，他看起來嚇壞了。」嚴克奇還沒笑夠。

「去你的！」我在心裡暗罵。

顧宇憂意味深長的看了我半晌，才轉身離去。

咦？他是不是發現什麼了？

我應該拒絕跟這個妖怪一起離開吧？誰知道祕密被我發現的他會不會殺人滅口啊？可是我躊

躇了很久，最終還是決定跟上去。畢竟，我對於自己的防身術還是有幾分信心的。

「對了！」走沒幾步，身後的嚴克奇突然叫住了我們，「昨天在那個洋娃娃曾經出現的地方進行地毯式的搜查後，根本就一無所獲。倒是找到了一截斷了半根的鞋跟。不過現在的女生很喜歡穿高跟鞋，隨便在街上一找都能找出很多。」

鞋跟？對啊，我想起來戴欣怡學姊那天追債時，也踩斷了一根十吋高的鞋跟。

現在的女生啊，天生就是喜歡虐待自己的那雙腳。穿平底鞋的女生也很可愛啦，嬌小玲瓏的。

「還有那張寫著地址的便條紙，鑑識組仍在努力中，一有消息會馬上告訴你們的。」

「拜託他們動作快一點。」顧宇憂催促。

「知道啦，我也希望儘快揪出真凶，阻止她繼續殺人啊。」嚴克奇不以為意的笑笑。

※ ⋮ ※ ⋮ ※ ⋮ ※

一回到公寓，我馬上把自己鎖在房裡，然後把整張臉埋在枕頭裡，盡量不去回想身在會館時那些可怕的畫面，不然我可能真的會患上精神分裂症。

腦子裡出現奇怪的聲音，是代表精神分裂症的前兆吧？說白一點不就是……瘋子嗎？不行，找天要去看心理醫生，不然請教伍邵凱也行，他不也是讀精神科……呃，心理系的嗎？

拉起被子裹住身體，我還是沒辦法拋開那些屍體突然飄出白煙的畫面，太過詭異和不科學了，好可怕！

「喂，不餓嗎？已經過了晚飯時間了。」房門被人敲了兩下，緊接著傳來顧宇憂那毫無情緒的聲音。

「我怎麼可能吃得下？」我寧願餓肚子也不要跟妖怪一起吃飯啦。

「吃一點吧，我去弄點吃的。」他的聲音聽不出起伏。

丟下這些話，房外瞬間恢復了寧靜。接下來，廚房開始傳來了窸窸窣窣的聲響。

不會吧？他自己動手做飯？

無論如何，我是不會打房門的，我才不想讓他有機可乘呢！

過了半個鐘頭，顧宇憂又前來敲門：「可以吃了。」

我裝死不應他。他轉了轉門把，發現房門被上鎖時，嘆了一口氣說：「看來嚴克奇的話是對的，我應該先帶你去收驚。」

「喂！」我不滿的嚷出聲，隨即又立刻捂上嘴巴。

討厭，我就是受不了被人看扁，結果被他發現我在房裡裝死。

「既然醒著，就別跟自己的胃過不去。」外面又傳來了顧宇憂毫無情緒的聲音。

再裝下去的話，他一定會看出我的不對勁，到時候不對我嚴加逼供才怪……

我懷著一顆忐忑不安的心拉開房門，來到飯桌前坐下，再一臉戒備的盯著顧宇憂走進廚房，端出兩盤香噴噴的炒麵。

桌上還有一大盤壽司耶！好香啊……咦？這男人會包壽司咧！

他做出一個「請」的手勢，開始拿起筷子吃著自己那盤炒麵。

禁不起美食誘惑的我很沒用的卸下防備，大口大口的吃著眼前的麵條，真的很好吃！再拿了兩個壽司塞進嘴裡，哇，簡直比料理店做的還要美味！

我記得嚴克奇說過，顧宇憂是個外冷內熱的人，而且是個很會照顧人的男生。眼前的他廚藝了得，一副「賢妻良母」的樣子，難道嚴克奇的話是真的？

「不是說吃不下？」看著我狼吞虎嚥的吃相時，顧宇憂不由得皺起了眉頭。

「誰叫你做的東西這麼好吃啦？」我很沒骨氣的大嚷。

「那麼……不用收驚了？」

「去你的收驚！」我又暗罵了一聲，「我才沒那麼膽小！」我一臉不服氣，也不想想是誰害的？

他聳了聳肩，夾起一個壽司放入口中，慢條斯裡的咀嚼。

「我說我才沒那麼膽小。」見他沒什麼反應，我把話重複一遍。

「聽見了。」他繼續吃壽司。

「聽見就給我一點反應啊。」真是個目中無人的傢伙。

他又聳了聳肩，不理我。我懷恨的低下頭繼續吃我的炒麵，待我拿起筷子想要夾壽司時，發現剛才放滿壽司的盤子已經空無一物。

「啊——壽司！」我最愛的壽司啊！

「我以為你沒什麼胃口。」他面無表情的把桌上的空盤疊起來，收進廚房。

「是誰說的啊？」

「你該不是……嚇得連自己姓什麼名什麼都忘了吧？」他頭也不回的說。

「啊——小氣鬼！記仇鬼！……」我氣得七孔生煙，直接對著他的背影爆出一串髒話。

一整個晚上，顧宇憂把自己關在房裡，不曉得在忙些什麼。

反觀懶得探索他人隱私的我一副無所事事的樣子，只好在躺在床上發呆。

都怪下午那起命案啦，害我不能去便利商店打工。但伍邵凱說他一下班就會來公寓找我。為方便他出入，我還特地配了一把備用鑰匙給他。

「噠噠噠……」隔壁房好像傳來了敲打鍵盤的聲響。

咦？他在趕報告嗎？他說過自己跟戴欣怡學姊同屆，那就是大三的學長囉？所以總得交報告吧？……等等！妖怪也需要打報告嗎？

我踮起腳尖偷偷來到那面隔開我與顧宇憂房間的牆壁傾耳一聽，隔壁的確是有快速打字的聲響。

我的思緒又飄回了會館的那一幕。

如果他真的是會害人的妖怪，我大概也活不到現在吧？再說呀，那些莫名其妙闖進我腦海裡的聲音，純粹只是……幻聽而已嗎？一想到那些毛骨悚然的聲音，我就不寒而慄。

一邊把耳朵貼在牆面，我開始反覆思考那幾宗命案的情況……

「元澍！我來啦！」

房門被人「砰」一聲踢開了。

「嚇？！」我被突如其來的聲音嚇了一大跳，腰際狠狠的撞向旁邊的書桌，痛得我彎下身來哀哀叫。

「喂！別隨便闖進別人房間啊！」我氣得大叫。

「啊，對不起啦，誰叫你沒鎖門？」原本神采飛揚的伍邵凱頓時紅了張臉。

「鬼知道你會突然衝進來嚇人啊？」我揉著被撞痛的腰，走到床邊坐下。

「宵夜時間到了，出去吃麵吧，我餓扁了。」他粗魯的拉我起身，再把我拖出房間，然後停下來東張西望，問：「你褓姆咧？」

「他不是我褓姆啦！」我一再強調。

「差不多啦！」他不理會我，一個箭步來到顧宇憂的房門口，抬起手正想敲門時，卻被我制止了。

「你不是說肚子餓嗎？快走啦！」現在換我把他當成一頭牛來拖拽。

「欸，褓姆……」

「他在忙著打報告！」我不曉得該如何面對顧宇憂，只好隨便找個藉口來打發伍邵凱。

關上了公寓的門，我鬆了好大一口氣，直接走向電梯。

「為什麼不叫顧宇憂一起出來吃飯？」伍邵凱疑惑問道。

「不要！我跟你說，他這個人奇怪得很……」一踏入電梯，我馬上把下午的命案說給他聽。

「嚇？！又死人了？」伍邵凱斂起燦爛的笑容，感到心寒不已。

「更可怕的不是這個！」我也告知自己看見顧宇憂吸走那些飄自死人身上的白煙。沒想到伍邵凱只是愣了一下，隨即開始捧腹大笑，笑得前仰後合。

電梯來到一樓時，門一打開，他一個踉蹌，笑得差點趴倒在地上。

「哈哈哈哈哈……這是我這輩子聽過最好笑的笑話！哈哈哈哈……你這小子一定是奇幻小說看太多了，哈哈哈哈……」

走在大廳的住戶以為這裡來了一個瘋子，紛紛對他避而遠之和行注目禮。

「喂！你到底笑夠了沒有？」我還以為伍邵凱會覺得事態嚴重，然後跟我一起商討對策，沒想到他非但否決了我親眼看見的事實，還把它當成笑話看待。

好不容易笑夠了，他才一邊擦去眼角飆出來的眼淚，一邊笑著說：「好啦，我現在終於知道你有多討厭顧宇憂了，討厭到把他當成了怪物看待，哈哈哈哈……」說完又繼續笑。

氣死我了！

原本還想告訴他，我懷疑自己精神分裂，可是一看見他那副快要笑死的鬼樣子，我當下決定別自取其辱。

拋下伍邵凱，我悻悻然的離開公寓大廳，走在前往夜市的路上。

我走了一段路，伍邵凱才追了上來。

「好啦，別生氣了啦。」他勾住我的肩，已恢復了正經的表情，「別老是惦著顧宇憂啦，把他當作同居室友看待不就好了嘛？反正跟他一塊兒住也只是暫時的事，等那件黑道仇殺事件稍微平息之後，再搬出去不就得了？」

唉，不相信我的話就算了，他看起來好像還滿喜歡顧宇憂那傢伙。看來要逃離那個紅眸少年身邊好像沒我想像的那般容易，現下只能盡量避免跟他單獨留在公寓裡了。

不去理會旁邊的伍邵凱，我逕自走到夜市，叫了吃的東西後找個空位坐下。

「對了，你問了嗎？那個日記的事。」咬著雞排的伍邵凱一坐下，就問了這麼一個問題。

「日記？」我都沒機會開口問顧宇憂，「……可能今晚才問吧。」我仍在惦記著下午的事，語氣有點敷衍。

不過，我倒跟伍邵凱說了顧宇憂是我們學長的事實，他聽了之後也感到非常意外。才聊到這，就聽到附近有人正在高談闊論下午剛剛發生的那起命案。

「你剛才聽新聞了嗎？這次一下子死了六個耶！」

「對啊，如果是黑道尋仇的話，殺死頭頭就好了啊，幹嘛連手下都不放過？」

「就是就是，最近這裡好像越來越亂了。」

「還不是?嘖，還沒捉到凶手喔，聽說是個女的耶，而且年紀很小，還長得很漂亮咧，很像洋娃娃！」

「對啊，那張通緝照今天在報紙新聞上登出來了，我也有看到喔！」

聞言，我與伍邵凱不約而同轉過頭去。

那位子就在我左手邊隔兩張桌子的地方，桌邊圍了三個中年人，嗓門很大，聲音清晰的傳進我們耳裡。

旁邊桌子的人，也紛紛看向那幾個人，還傾耳聆聽他們談話。

「可是這麼嬌小的女生，有可能是凶手嗎？」

「喂喂喂，你別忘了，她很有可能是魔人咧！要知道這種人可是擁有跟惡魔同等的力量咧，卡嚓一聲就能把你的腦袋擰斷。」

「說的也是啦，這種人好可怕，抓到了最好直接送去槍斃！」

又是魔人。

我與伍邵凱面面相覷。

「魔人，是真的存在嗎？」我忍不住問他。

「對啊。」他用力的點點頭，「這裡的人都很相信這個傳說喔。」

「你見過？」傳說畢竟只是傳說而已啊，除非眼見為證，否則打死我都不相信。

「那倒沒有啦。」喝了一口飲料，他繼續說：「只是一直聽見人們這麼流傳著，一有什麼可疑的殺人案，大家都會把矛頭指向魔人。」

那些據說體內寄宿著惡魔的魔人，到底擁有些什麼可怕的力量啊？

「不過喔，聽說那個戴家原本要辦婚事喔。」隔壁桌也傳來了說話聲。

「你聽誰講的？消息準不準啊？」

「據說是跟隔壁B城的黑道家族辦什麼聯姻的，以擴大兩大家族的勢力。」

「真的假的？」

「我有個親戚是道上的人，說消息千真萬確。」

「是戴維的大兒子跟人聯姻嗎？他也只剩下大兒子而已吧，小兒子都已經死了。」

「這我就不知道了。」

「喂喂，有沒有可能這個兒子把老子和小弟給殺了，再由自己坐上龍頭老大的位子啊？」

「黑吃黑嗎？你以為他不敢喔？黑道的人十個裡面十個都是壞人。說不定下午死的那六個，是那個戴維和他小兒子的心腹。要篡位，當然得把不必要的人鏟除得一乾二淨才行。僱個殺手來殺人，絕對是黑道的作風。」

「也對，老爸和小弟死了，自己就是新一任的龍頭老大了嘛。」

……

我發現現在市民的腦袋，絕對可媲美那些精明的神探，虧他們能猜到這方面去。

不過，這也是很有邏輯性的推測。警方一直把目標鎖定在神祕的女凶手身上，倒不如去查查這家族到底是不是發生內鬨了。

想了一下，我直接撥通了嚴克奇的手機，把這些民坊流傳出來的消息告訴他。沒想到嚴克奇說，之前警方已經傳召了戴維的長子戴亞爾到警局問話，但他幾乎都有不在場證明，令警方束手無策。

「不過那件婚事，那臭小子竟然提都沒提，不知道在搞什麼飛機。看來那些命案，也許多少跟婚事有關係。顧宇憂說啊，很有可能是戴亞爾串通外縣的黑道害死老頭子和弟弟，再自己當上老大。」

「原來你們已經查到那邊去了？」我訝異於他們的辦案效率。

「對啊，放心啦，有顧宇憂在，我們一定能儘快捉到凶手，解除你這個嫌疑人的尷尬身分。他呀，一直不眠不休的跟我研究案情。」

欸？我沒聽錯吧？

「他哪有可能這麼好心啊？」是他自己想要早日拋掉我這個包袱吧？

「你千萬別質疑他的好意，因為你是元偵探的兒子，他一定會幫你的。」

看在我爸的分上嗎？好吧，原來我爸的面子這麼大。

「聯姻的事，我會叫同僚去查一查。喂，如果還有聽到什麼線索，一定要第一時間通知我啊。」

他說完，正想掛斷電話，我連忙叫住他：「嚴警官，等一等啦。呃，能不能問你一些事？那個……來到這裡幾天，我一直聽這裡的人在談論那個關於魔人的傳說，你怎麼看？」

他是警察，又是重案組單位的負責人，曾接觸過無數命案，甚至逮捕過無數凶手，問他準沒錯。誰知道在眾多的凶手裡面，是不是也包括了那些民眾所談論的魔人呢？

「喔那個啊，是坊間流傳的傳說吧？安啦，我當了這麼久的警察，從沒見過什麼魔人或者魔人殺人事件，你就別擔心啦！A市還是個很安全和適合居住的地方啦，呵呵呵。就這樣啦，聯姻的事我得趕緊去查一查，掰！」

「好啦！」我不敢打擾他辦正事，只好跟著掛電話。

雖然聽他這麼說，但那些委託又怎麼解釋呢？看來只能我自己去證實了……

·第九章·

那個貓男的祕密

他用力扳住我肩膀，令我動彈不得，血色眼瞳筆直看進我的眼瞳裡。

好像有什麼被一點一滴的抽走了，似曾相識的感覺……

吃下一大盤的壽司後，我的心情稍微變好了。

但夜市的壽司吃起來沒顧宇憂親手包的好吃，想到這，我就悔恨不已。下次一定不會再跟美食嘔氣了。

在公寓大門口與伍邵凱揮手道別後，我步上階梯來到公寓大廳內，準備走向電梯，一邊想著要不要直接去那個有魔人滋事的街道看看。

這原本就在我的計畫當中。

偵探社到底跟魔人有什麼瓜葛，這是不能說的祕密，所以我沒叫上伍邵凱，免得向來崇拜魔人的他興奮得立刻拽著我去揭開他們的真面目。

看來只好單獨行動了。

在我揣測顧宇憂是否還在房裡打報告時，遠處的電梯已經「叮」一聲抵達公寓大廳。

那道厚重的門一打開，裡面竟走出一道剛剛才在我腦海中浮現的熟悉身影。

「是顧宇憂！」我馬上閃身躲進牆角。

怪了，我幹嘛要躲著他啊？

在我為自己怪異的行徑感到摸不著頭腦時，他已經筆直走向公寓大門，前往停車場取車。

腦海裡倏地浮現那些委託信的內容……想想，如果他出去處理那些委託信，說不定我將能直接拆穿他的真面目！

但要是被他發現，到底會有什麼後果？

「怎麼辦？到底要不要跟上去？」我猶豫不決。

躊躇不定之際，顧宇憂的車子已開始駛出公寓的停車場。我根本就沒有太多時間考慮，當下馬上跟著衝出去，然後攔了一輛計程車跟在他後面。

唉，最終還是決定要跟蹤他，誰叫他行徑鬼祟，整個人神神祕祕的教人猜不透呀？不過……又要花錢搭車了，好討厭。

顧宇憂的車速不快，我不擔心跟丟，卻也不敢保持太近的距離，免得被他發現。

跟蹤了顧宇憂好些時候，我發現周圍的景色越來越熟悉。當他把車子轉入已燒成了一堆廢墟的獨立洋房時，我眼睛頓時瞪得比乒乓球還要大。

他、他幹嘛跑來我爸的房子啊？

我在一個看起來比較隱密的轉角處下車，打發計程車司機離開後，躡手躡腳來到車子附近的圍牆後方躲起來。

推開車門，顧宇憂帶著一張撲克臉下車，直接走近已燒得毀不成形的房子。他踩著廢墟走到屋子的範圍，然後蹲在地上不曉得在幹什麼。

我悄悄越過車子，藏身於一面牆後。顧宇憂好像在撥弄什麼東西，然後掀開地面上一張被燒得破爛不堪的地毯，打開一扇類似門板的方塊小門。接著，耳際傳來「砰」的一聲輕響，顧宇憂竟然完全消失在眼前的廢墟上。

「嚇？！他、他消失了？」

我緊張的瞪著剛才顧宇憂消失的地方半晌，才瞠著眼戰戰兢兢的走上前去。

當我發現那扇方塊門跟信箱一樣，是個類似保險箱的門時，頓時傻了眼。

那扇門是由鋼鐵打造，必須輸入密碼才能打開。怪了，裡面到底是個什麼樣的地方呢？密室還是地窖？

爸的房子看起來很普通，卻採用這種高科技的設備，我感到匪夷所思。

我正煩惱該如何打開這扇厚重的門時，赫然發現門縫被一個小磚塊卡住，門縫間隱約透出一絲光線。

經過短暫的內心交戰之後，我決定要進去探險。人們不是常說嗎？不入虎穴，焉得虎子！說不定我馬上就能揭穿顧宇憂的祕密了。

輕輕拉開那扇重到要命的門時，眼前出現了一排不知通往何處的白色階梯。深深的吸了一口氣，我輕輕的踏上階梯，開始沿著階梯走進「密室」……

走完階梯，眼前是一扇半掩的門。輕輕推開門，我發現自己來到了一個比我房間還要大的空間。在這個一目瞭然的空間裡，我居然找不著顧宇憂的身影。

正想轉身之際，不料後腦傳來一陣劇痛。

啊咧？被暗算了？我整個人馬上掉入了黑色的漩渦當中……

淡淡的薰衣草香味，漸漸的喚醒了我的意識。

「嚇？！」體內的危險意識促使我立刻睜開眼睛翻身下床。

咦？身體不痛不癢，也沒有流血或骨折什麼的，證明我還活著吧？我明明記得自己好像被人打昏了，還想著自己昏倒後說不定會被人一刀砍斷咽喉，甚至被割斷大動脈放血，然後直接去陰府跟爸上演父子重逢的戲碼。

沒想到，我竟然還活著！而且還……躺在一張陌生的床上！

我摸了摸有點發疼的腦袋，仔細觀察周圍的環境，這裡不就是剛才的那間密室嗎？

密室的牆上有很多相片，大概是我爸生前的生活照吧？相片裡還有一個女人和一個嬰孩，那女人的樣貌跟之前爸留給我的畫非常相似。難道……這女人就是我媽，而她手上抱著的嬰孩就是我？

「這裡不是你該來的地方。」顧宇憂不知打從哪裡冒出來，以超冷淡的語氣跟我說話。

「那相片……」我忽略他的話，目光緊鎖住牆上的相片。

「那是你小時候拍的相片，旁邊的人是你父母。」

「你為什麼會知道這地方？照理說洋房是我爸的，這也是我爸的密室才對吧？」話聲一落，我才驚覺自己要遠離這個人，剛才是他打昏我沒錯吧？

吼～這個仇我一定要報！

「我是你爸的助理。」他語氣篤定。

挪後幾步，直到身體撞上身後的牆面時，我才面帶不滿的開口說：「助理也不該侵犯僱主的隱私吧？你到底是誰，接近我和我爸到底有什麼意圖？」我終於說出了心中的疑問。

「你鬼鬼祟祟跟蹤我來到這地方，到底想幹什麼？」他忽略我的問題，舉步來到我面前，帶著慵懶的笑意反問我。

「還、還不是因為你行徑可疑啦！」真想一巴掌拍掉他的笑臉。

「你跟蹤別人，就光明磊落嗎？」

「你……」我真沒用，老是說不過他！

「給我說實話。」他居高臨下看著縮在牆角的我，「垃圾桶裡的委託信，被你拿走了？」一記強而有力的拳頭「轟」一聲打在我旁邊的牆上。

靠！這個拳頭真的嚇到我這個幹架王了。

只要顧宇憂一認真起來，身上老是有意無意散發出難以掩飾的王者之風。

沒錯，是王者之風，彷彿全世界的人都要聽令於他的那種威嚴。

為什麼我會有這種感覺？一時間我也說不上來。眼下最重要的，還是先解決自己的窘境吧，沒想到居然被他發現我偷偷拿走垃圾筒裡的那封委託信！

我反射性的拉緊身上的外套，想要保護被我藏在口袋裡的紙張，這分明就是此地無銀三百兩的傻舉，我笨死了。

「桌上那些，你也看過了？」收回拳頭，他看起來似乎很無奈。

「是、是又怎樣啦，誰叫你什麼都不肯告訴我。」

「元澍，懂得越少，你就越安全。況且偵探社的事，現在還不是時候告訴你。」

「去你的什麼鬼安全！別學電影裡面的對白！」見他態度稍微放軟，我又開始放肆了，「這世上真的有魔人對吧？還有，你是不是拿我爸的偵探社來做些什麼奇怪的事？」

「元澍，聽話，等時機到了，我會告訴你。」

「別當我是三歲小孩子！到底是誰要找我爸的日記？我爸的日記到底在哪裡？……」咦？把

問題問出口時，我才驚覺原來爸有這麼一間密室，那麼日記簿……說不定就藏在某個角落。

「那本日記根本就不存在。」他斬釘截鐵的說。

「我不信！」我有些激動的反駁，「為什麼那個人要找我爸的日記？你一定知道他是誰對不對？顧宇憂，如果要我相信你的話，就把所有事情都告訴我！」

嘆了一口氣，他語氣無奈的搖頭，「我不知道。」

「騙人！由始至終你都在說謊，你這個來歷不明的傢伙到底是誰？爸在遺囑裡根本就沒說你住在房子裡，你突然憑空出現，怎麼說都很可疑，你以為我是笨蛋嗎？」我劈里啪啦問個不停，只差沒揪住他衣領。

「我沒必要騙你。」轉過身，他在床沿坐下，看樣子是極力否認到底吧？

很好，我元澍也不是什麼省油的燈，我一定要逼他告訴我所有的事。

「那你告訴我你是誰啊？把你祖宗十八代的名字全報上來，還有你的家庭背景什麼的！其實你一直以來都住在那棟公寓吧，後來我爸死了，你不知道有什麼意圖還是想趁機接近我，才會搬進我爸的洋房吧？哼，說不定黑道那些人全都是你殺的！」

「你懷疑我嗎？」他嘴角噙著冷笑。

「沒錯！」我用力點頭，然後兩手抱胸，換我居高臨下瞪著他。

「就因為那些委託信？」

「當然不止這個！我還看到你……看到你……」一想起那些死人身上飄出來的白煙，我就不寒而慄，根本說不出口。

「看到我怎麼了？」他目光凜冽的掃向我。

「那些白煙……很多白煙從那些屍體上面冒出來……」

「原來被你看見了。」他露出一個瞭然於心的表情來，懶懶的伸展著身體，「套了這麼久的話，你終於說出口了。」

「別告訴我那是死者的靈魂！」

「元澍……」

「哼，你想說那些只是我的幻覺吧？不，我看得一清二楚，而且還不止一次！上次你對戴亞金做的事，我也看到了！」死就死，反正我已經豁出去了，「只有惡魔才會這麼做吧？吞噬人類的靈魂！」

話一出口，我整個人呆愣住了。

沒錯，惡魔！

我曾經在夢裡見過顧宇憂血紅色的眼瞳閃爍著妖豔的紅光，然後他用疾風困住了那些流氓，那個夢說不定在提示我，顧宇憂就是惡魔！只有惡魔才會吸食人類的靈魂，而那些委託信又跟魔人有關。說不定，他就是坊間流傳的魔人……

「魔人……」瞠著眼，我魂飛魄散的看著眼前的紅眼少年，開始好奇他為何要把右眼藏在瀏海下。

「你、你……為什麼要把右眼遮起來？」打從第一眼看見他開始，我已經很想問出口。說不定他想隱藏起一些不為人知的特徵，例如惡魔的角？對啊，爸留給我的其中一幅畫，裡面的惡魔是有角的，而且擁有紅色眼瞳。

死死盯著顧宇憂的眼睛，我感覺自己快要崩潰，「紅色眼瞳的惡魔……」

「元澍，給我冷靜下來！」他站起身厲聲警告我，還伸出手按住我肩膀阻止我亂動。

「你放開我！放開我！你是惡魔！你是惡魔！」我掙扎著想要脫離他的箝制，在靠近他身體的那一瞬間，我心裡突然冒出一個不知死活的念頭，那就是掀起他的瀏海！

一逮到空隙，我果然照做了。

他大概沒想到我突然發難，整個人震懾住了。

他的另一隻眼瞳也是紅色的，而且右眼上方……不，是額頭有個隱隱透著紅光，上面寫了一些我看不懂的文字——或是咒文的……印章？

換作平時，我一定以為那是有人惡作劇蓋上去的印章，但此時我只想哭。

那是動漫或小說情節裡才會出現的什麼契約印章吧？

「你……果然是惡魔……」我抓著頭髮，整個人開始抓狂起來，那個嚴克奇居然騙我！他身邊就有這麼一個惡魔啊！不，更正確的稱呼應該是魔人吧？

原來魔人是真真切切的存在啊！天啊天啊……

「元澍！冷靜一點！」

「告訴我，爸是你殺的嗎？！」要我怎樣冷靜？我現在被一個惡魔禁錮住啊！我會成為下一個死者吧？

「元澍！看著我眼睛！」他用力扳住我肩膀，令我動彈不得，然後血色眼瞳筆直看進我的眼瞳裡。

我看見……那眼瞳跟夢境一樣，閃爍著令人畏懼的赤色光芒。

「你……」想幹什麼……

眨眼間，我感覺自己漸漸失去了反抗的能力。

腦子裡，好像有什麼被一點一滴的抽走了。似曾相識的感覺……那天在自己與顧宇憂中槍時的夢境裡，好像也經歷了類似的感覺，只要一注視著他血色般的眼睛，我就會……陷入了黑暗。

「那些不必要的記憶，就讓它從你腦海裡消失……」我聽見他在我耳邊呢喃，「白煙、委託信、日記、我的真面目……還有魔人的存在……」

「不……住手……」我努力想要睜開眼睛，卻被捲入了黑暗漩渦，再也……想不起任何事了……

※ … ※ … ※ … ※

淡金色的陽光從窗外照射進來，悄悄的爬上了我的臉。

一睜開眼，我看見了藍天白雲，很藍很藍的那種。晴空萬里的天際，偶爾還有幾隻出來覓食的小鳥飛過。一顆心感覺前所未有般的平靜，平靜得像是漂浮在海水上面，沒有負擔，很放鬆。

有種像在馬爾地夫度假的感覺。

但，我兩眼空洞的盯著正在變魔術的雲朵，一時想不起自己什麼時候回到這張床上。

……怪了，感覺自己的記憶力好像退化了。

床邊的手機響起了熟悉的鈴聲，上面顯示的來電者是伍邵凱。

「喂，你醒了嗎？我已經在路上了。」

按下接聽按鍵，聽筒馬上傳來他充滿活力的聲音，以及有點刺耳的喇叭聲。他一定又在路上飆車了，還一邊分心打電話給我，他不要命了嗎？

「再過五分鐘左右就到了喔，待會兒見啦！」

「欸？」路上？把手機湊近眼前看了一下日期和時間，我差點就要尖叫起來了。我和伍邵凱今早九點都有課，他昨晚說好八點半會來公寓接我一起去上學，沒想到現在都快要八點半了！

他一定是知道我這個人有睡過頭的惡習吧，才會先打電話叫醒我。可是，他幹嘛不早個十五分鐘吵醒我？

也多虧了伍邵凱的提醒，我立刻甩掉手機，乒乒乓乓衝出房間到浴室盥洗，再手忙腳亂衝回房裡換衣服，還不小心踢到了床角，又撞到書桌，痛痛痛！

隨手抓了抓有些凌亂的頭髮，我顧不得被撞痛的地方，拎起背包就往玄關跑去。

「元澍？」大概是被我誇張的噪音吵醒，顧宇憂從自己房裡走出來，喊住了正要出門的我。

「有什麼事晚點再說啦，我快要遲到了！」說完不等他回答，我直接拉開門衝下樓，他在後面喊些什麼，我一個字都聽不進去。

來到公寓大門時，我已經上氣不接下氣了，扶著旁邊的柱子猛喘氣。我剛才可是沒搭電梯，直接跑了十多層樓梯，額上都沁出了汗珠。

伍邵凱的野狼一拐進公寓入口處，幾乎是直接衝到我跟前，機車一停下來，我馬上跳了上去。他遞來了安全帽，謝過之後，我趕快戴上、扣緊。

「又睡遲了吧？」語氣很明顯在取笑我。

我看起來沒那麼狼狽吧？

「幹！別太了解我，我會以為你喜歡上我呢。」我心情大好，笑著回贈他。

「去你的，我可不是同志！」他用手肘拐了我一下，大笑著催動油門。

野狼咆哮一聲，開始衝上了車水馬龍的大路。路上的車子被伍邵凱突如其來的舉止嚇了一跳，紛紛按著喇叭給予警告。

哈哈，年輕的感覺真好！真是個不怕死的年紀啊。

「你昨晚去幹了什麼壞事？幹嘛睡不醒？」他大聲問我。

「昨晚嗎？也沒幹什麼啊，跟你吃完宵夜就回家了嘛。」應該是這樣沒錯，但我的記憶只停留在伍邵凱把我送到公寓的大門口，接下來的事，記憶好像有點模糊。

我忘了自己是怎麼回到房裡，再爬上床睡覺的。一定是最近發生太多事，大腦無法承受過多負擔，才會突然……失靈吧？

嗯，一定是這樣沒錯！

「對了，你昨晚見過顧宇憂了嗎？」

「大概沒有吧，但今早出門時倒看見了他，怎麼了？有要事找他嗎？」伍邵凱什麼時候跟那傢伙混得這麼熟了？

「沒有啦，因為你昨晚說想要問他關於日記的事嘛。」

「日記？」什麼日記？我努力從腦海裡搜尋日記的事，可是……就是想不起任何關於日記的記憶。

「喂，你記錯了吧？」我用力拍他的背。

「欸？」他不怕死的邊騎車邊轉回頭看著我，眼裡滿是疑惑。

我不甘示弱，也眨著無辜的眼睛瞪回他。

就在此時，他褲袋裡的手機響了起來，打破了我們這「深情對望」的一幕。把野狼停在路邊，熄掉引擎、拿下安全帽，他掏出手機接聽。

「顧宇憂？」他感到非常意外，還瞥了我一眼。

怪了，顧宇憂找他幹嘛？他們還沒好到那種可以相約去釣魚的親密關係吧？

「嗯，元澍跟我在一起……知道了，我馬上送他過去。」不知過了多久，他才吐出這幾個字，然後動作俐落的把手機放回褲袋裡。

「你褓姆要我馬上送你去警局喔。」重新啟動引擎，他這麼說。
「有說什麼事嗎？」去警局幹嘛？「是不是捉到凶手了？」
「不是啦，他說是嚴克奇要找你。反正去了就懂啦，褓姆還說已經幫你跟學校請假了喔。」
「都說了他不是我褓姆啦。」我翻了翻白眼。
「還敢說不是？供你吃住，還負責替你請假呢，哈哈哈……」
「快走了啦。」不想跟他瞎掰下去，我沒好氣的催促。
「是是是！我一定會安全把你送到警局門口的，主人。」他語氣謙卑，微微欠身。
「去你的主人！」要不是他戴著安全帽，我鐵定送他一個栗爆。
又請假啊，這星期我幾乎都在請假，如果才第一學期就被當掉的話，會很丟臉。

※……※……※……※

室內瀰漫著香醇的咖啡香味。
「為避免引起不必要的揣測，戴亞爾才會刻意隱瞞妹妹的婚事。他解釋說，因為外縣的黑道一直覬覦他們戴家的勢力，說不定想借聯姻這理由來削減他們的防範之心，再趁機消滅他們家族。他猜測，那個女娃說不定是對方派來行刺他們家族的殺手。」整個人靠在舒適的辦公椅上，嚴克奇語氣輕鬆的說。

我和顧宇憂就坐在他對面的椅子上，我嘴裡還咀嚼著鄰座紅眼少年帶來的三明治。

沒錯，就是顧宇憂從家裡帶出來的……早餐。

剛剛伍邵凱送我到警局門口時，顧宇憂已經在外頭等我了，還冷著臉遞了盒三明治給我：

「早餐。」

難怪他早上突然叫住我，是想要交代我吃完早餐再跟他一起跑一趟警局吧？

感覺有股暖流從心底淌過。

因此，現在的我正在一邊吃著美味的三明治，一邊聆聽嚴克奇的報告。

是錯覺嗎？我發現某警官好像一直在盯著我手上的三明治吞口水，還有些不情願的吩咐外面的同僚端來咖啡給我當飲料。嘖，警察都很喜歡喝這種又黑又苦像炭一樣的飲料，好懷念昨天那杯溫熱的牛奶啊……呃，離題了。

沒想到除了戴亞爾和戴亞金，戴維還有一個掌上明珠。

「這麼說來，戴亞爾或他妹妹都很有可能是凶手的下一個目標。」顧宇憂語氣肯定的說。

「沒錯，所以警方打算派人去保護他們，以免遭到毒手。戴亞爾知道事態嚴重，所以沒有反對警方這項安排。」嚴克奇點點頭，「看來他們也挺忌諱那個能在戒備森嚴的戴家進出自如的凶手。」

「這不失為一個阻止凶手繼續逞凶的好辦法。」

「可是……」嚴克奇看起來似乎很為難，「那個戴亞爾的妹妹有點麻煩。」

黑道的千金嗎？感覺上就是那種刁蠻任性、脾氣壞又詭計多端的女生吧，被一票警察跟來跟去的，一定會很不高興，說不定還會千方百計想甩開他們。

警察的工作一點也不輕鬆，打死我都不會去考警校。

「……她列出了一個條件。」

大概是不能干涉她自由或侵犯隱私之類的吧？可是，為什麼嚴克奇要跟我們說這些？

「說來聽聽。」顧宇憂調整好坐姿，一副洗耳恭聽的模樣。

「也不是什麼很為難的條件啦……」他唯唯諾諾。

嚴克奇的行為挑起了我的好奇心。

「她指名要你們兩個保護。」

「啥？」我以為自己聽錯了，我們又不是警察，而且我跟顧宇憂還要上課咧。

「行。」顧宇憂想也不想就一口答應了，然後偏過頭看著我。

「喂，你幹嘛隨便答應人家啊？要是出了什麼差錯，比如保護不當還是什麼的，會把人給害死啊！」我可不想擔當起這個重大責任。

「你也想儘快解決這件事吧？」他恢復了慵懶的表情，不冷不熱的說：「萬一凶手真的出現並想要奪走她性命，以你的身手非但能保護她，還能輕而易舉的制服凶手對吧？除非……你那些花拳繡腿功夫只是表面上能看的……」

「行！我跟你一起負責保護她，行了吧？」很好，竟然卑鄙的使用激將法逼我就範。話一出口，我不知有多懊惱，這個死貓男！

「到時候我可沒辦法分心去保護兩個人，你最好給我保護好你自己。」我憤憤不平的想扳回一城，藉以消除心裡的怒火。

滿意的勾了勾脣，他沒多說什麼，轉向嚴克奇，問：「什麼時候開始？」

「就從下一分鐘開始吧，她正好跟你們同校，而且她說自己跟顧宇憂同系。」

「欸？」有這麼巧嗎？是校內的同學？而且還是顧宇憂系上的？

說完，嚴克奇撥了內線給外邊的同僚，「請戴小姐進來。」

戴……小姐？也對啦，戴維的女兒不姓戴，難道跟我一樣姓元嗎？不過，感覺上我好像認識一個姓戴的女生……

被輕敲了兩下的門板一打開，我立刻瞠目結舌的看著那個站在門口的纖瘦身影。

「阿宇！元澍！」

「戴、戴、戴欣怡學姊？！」猛然從椅子上跳起來，我指著她結結巴巴的喊她的名字。

「呵呵……」她摸摸頭，露出了尷尬的笑容。

身旁的顧宇憂也有些意外的看著眼前這個美麗的女子。

我早就該猜到她身分的！她不但姓戴，而且家裡也是混黑道的……咦？等等！剛剛嚴克奇說學姊跟旁邊這個紅眼少年唸同個科系……

「你唸醫學系的？」我感覺自己的下巴已經掉在地上了。

「我沒跟你提過嗎？」他不以為意的聳肩。

他、他、他好強啊！居然是個未來醫生！

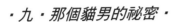

靠……這真是個充滿刺激的早晨啊……

※　…　※　…　※　…　※

「為什麼要隱瞞自己的真實身分？」一坐上車，顧宇憂調整了後視鏡，冷冷的目光直射後座的漂亮女生。

「對不起啦……」她有些緊張的想要解釋。

那顧宇憂也真是的，跟女生說話時別那麼直接嘛，一點也不顧慮別人的感受，連下臺的階梯都不給人。看來，解釋的事，還是由我來做好了。

「這件事其實我也知道啦……」我把學姊說過的話，以及跟她相識的過程一字不漏的說出來。

……有種當了某女孩護花使者的感覺。

只不過，我省略了學姊喜歡他的部分，拜託我可不想被美女的高跟鞋踩死。她今天穿了一雙七吋高的高跟鞋，鞋跟很細，想要戳進我眉心、置我於死地應該不難。

「拜託人家是女生，難道到處跑去跟別人說她有黑道背景啊？別人會怎麼看待她呢？」我這護花使者非常盡責，還不怕死的教訓起旁邊的貓男……呃，感覺我好像替顧宇憂取了滿多綽號的。

後座的美女頻頻點頭，表示認同我的話。

顧宇憂只是抿著嘴，沒多說什麼，真是個沒有情緒的木頭人。

「抱歉啊，因為我只相信你們而已，所以才會跟嚴警官提出這個無理的要求。」

她在說保護她人身安全的事吧？能保護她，我當然義不容辭，況且我也不希望她出事啊。

「小意思，這是我們的榮幸。」我連顧宇憂的分也幫忙回答了。

他蹙著眉瞥了我一眼，卻什麼也沒說。

喂……剛才是你率先一口答應要保護人家的，現在別想給我反悔，哼哼！

「呵呵，謝謝你們啦，以後請多多關照了。」學姊笑得好開心。

「哪裡話。」我面帶微笑的回答。

不過，她眼神似乎只停留在顧宇憂身上。我的心靈又受到了小小挫折，嗚……

「對了，阿宇，你們吃過早餐了嗎？既然已經跟學校請假了，不如我們先去吃早餐吧？我快要餓扁了。」

「我們已經吃過了……」駕車的那個似乎打算直接回學校上課。

「顧宇憂！剛才那些三明治餵不飽我啦，而且那杯咖啡真是太難喝了，害我舌頭現在又苦又澀的。」什麼人啊，竟然推卻美女的邀約！我連忙打斷他的話。

他狐疑的看著我，半晌，終於有些無奈的點了點頭。

好吧，我承認，他偶爾也是有通情達理的時候。

「去哪裡吃？」

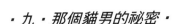

「就昨天去的那家中式餐廳好不好？你們昨天突然跑掉，害我也來不及吃就匆匆回去了。」

面對美女提出的要求，驅車的人沒反對，我當然也沒意見。於是，車子一掉頭，開始朝向那家中式餐廳駛去。

「妳父親和兄弟死了，怎麼都不見妳請假？」很難得的，顧宇憂首先開口打破車裡的沉默。

「呃，這種事大哥會處理的啦，輪不到我來操心。」她笑了笑，語氣輕鬆的回答。

「有哥哥真好。」我好羨慕，哪像我孤身一人，凡事都要親力親為。

「我大哥是很能幹啦，呵呵。對了，元澍，之前的事我聽大哥說了，真的很抱歉，沒想到我爸會找你麻煩。因為會館的事我沒有插手，我只是負責討債的部門。」她開始聊起了家裡的事，「要是我知道二哥的死給你添了麻煩，一定會設法阻止他們的。」

二哥，指的是戴亞金吧？

「都已經過去了，沒事啦，別放在心上。」

「元澍，你真的很善良耶。」她開心的拍了拍我的肩。

接下來，我問了她很多關於黑道的事，她也滔滔不絕的說個不停。一旁的紅眼少年只是安靜的聆聽。

回到昨天中午到訪過的中式餐廳，由於還沒到午餐時間，餐廳裡沒什麼人，我們直接在一樓找了張桌子坐下。

學姊點了一份早餐套餐，我也隨便點了一份中式點心，吃不飽的那種，不然鐵定撐死。

顧宇憂只點了杯冰咖啡。

我討厭咖啡，也討厭喝咖啡的人。

但不曉得那個長得不怎麼樣的女服務生是不是嫉妒學姊過於出色，非但吸走了店裡所有男人的目光，身邊還陪著兩個大帥哥，竟失手把咖啡灑在她背上。整杯咖啡和冰塊一滴不漏的從後方倒在她漂亮的洋裝上，連頭髮也無可倖免。

她整個身背溼了一大片，店裡的人全都傻眼了，那個女服務生也嚇愣了。

「喂，妳沒事吧？」我嚇了一大跳，立刻拿起餐巾想替她拭去咖啡漬。

「我、我自己來。」接過餐巾，她的手卻伸不到後面去。

「真的很對不起！請讓我幫妳吧。」那個女服務生拖著少了三魂兩魄的身體，怯怯的開口。

「不用了，我去洗手間弄一下就好。」她微笑著婉拒對方。

「要不要回家換件衣服？」仍淡定的坐在位子上的顧宇憂開口問她。

「不、不用啦，我也不好意思一直拖累你們，昨天為了等我，你們一定也沒好好吃飯吧？我真是個麻煩的女生啊。不如這樣好了，我叫司機替我送件衣服過來換就行了。」

「這裡的冷氣很強，會著涼。」我不放心。

「我可以去洗手間待著啦，反正我家離這裡很近，十分鐘左右就會到。」

「可是……」

「沒問題啦。」她擺擺手，笑著打斷我的話，然後起身走向洗手間。

好個善解人意的女生。

學姊離開後，那個女服務生一邊收拾殘局，一邊忙著向我們道歉。幸好顧宇憂點的是冰咖啡，若是熱咖啡，後果可不堪設想。

過了大約半個鐘頭，果然有個司機拎著一個環保袋來到櫃檯找人。他說途中爆胎了，否則十五分鐘前就能到達這裡。

另一個女服務生接過袋子，拿進洗手間交給學姊。學姊換好衣服出來後，失誤的女服務生硬要拿走那件被沾了咖啡漬的洋裝，說會幫忙拿去送洗，學姊拗不過她，也只好勉強答應。

匆匆吃完早已冷卻的早餐，我們就直接回大學上課去了。

·第十章·

令人戰慄的學姊

她舔著溢出嘴角的血，兩眼布滿紅絲，
她撩起裙襬，抽出綁在大腿內側的匕首，兩眼爆出了殺氣！

還有四十五分鐘才下課。

「呼啊……」懶洋洋的打了個哈欠，把目光移向窗外，我不禁擔心顧宇憂能否保護好學姊。

顧宇憂怎麼說連三腳貓功夫也使不出來吧？不過也因為像他這種腦袋聰穎的男人，才能吸引女生的目光和仰慕吧？

可是話說回來，凶手大概也不敢闖進學校大開殺戒吧？

就在我想得入神時，一張熟悉的冰山臉突然出現在講堂門口。

他匆匆與站在講臺上口沫橫飛的教授講了兩句，便直接朝我勾了勾手指，要我收拾書本跟著他離開。

咦？幹嘛連曠課都要我陪著啦！

懷著一肚子好奇心來到講堂外，最先瞧見學姊臉色凝重的倚在門邊的牆壁上，我心裡冒出了不祥的預感。

「……戴亞爾被殺死了。」顧宇憂壓低聲量，說出這個令人晴天霹靂的壞消息。

「妳大哥……死了？」我目瞪口呆的看向學姊，後者輕輕的點頭，眼裡閃過一絲傷感。

「嚴克奇才說要派人去保護他，沒想到凶手的動作更快，在警察未抵達住家前，就已經死在自己的臥室裡了。我只是不明白，如果凶手早有預謀要殺害戴亞爾，為何在潛入大宅刺殺戴維時，不一起行動呢？」他道出了心裡的疑問。

在這種情況下還能不為所動推理案件的人，大概只有他了。

一接觸到學姊眼裡的哀傷，我就沒轍了，只一味的擔心她的安危，心想絕對不能讓她成為下一個受害者！

「那麼戴亞爾弒父奪權的猜測就不攻自破了，便如他所說的，是外縣的黑道試圖以聯姻這個藉口來搶奪這裡的地盤囉？所以學姊的處境就更加危險了！」我憤憤的說完，馬上轉向旁邊的漂亮女生，「學姊妳放心，我一定會保護妳，那個凶手休想動妳半根寒毛！」

「元澍，謝謝你。」低下頭，她小小聲的道謝。

死的人可是她僅剩的唯一親人，但她臉上完全沒有害怕或過於悲憤的情緒，總覺得好像有哪裡不對勁。也許可能是我多心吧，她可是黑道的千金呢，什麼大風大浪沒見過？

後來，嚴克奇派來了警車，把學姊接送到警局的密室暫時避開風頭。

雖然有些不放心，但想深一層，凶手再怎麼囂張，也不可能到警局殺人吧？

我與顧宇憂則來到戴亞爾死亡的地點，也就是戴家的豪宅。想當初戴維也是死在這棟豪宅內，沒想到現在又多了一條冤魂，說不定哪天會變成鬧鬼的凶宅。嘖，我還是勸學姊趕快搬出去吧！

戴亞爾那間豪華舒適的臥室有些凌亂，乳白色的地毯沾了令人怵目驚心的血跡，有條血痕從臥室正中央的位置直接延伸至門邊。

看樣子戴亞爾應該是在臥室正中央遭到毒手，可是當時他還沒斷氣，有些艱難的想要爬出房間求救，不料連門都還沒打開就已經翹掉了。

「門外的手下聞到了血腥味，覺得不太對勁，破門而入時才發現主子早已經死了。」嚴克奇禁不住搖頭嘆氣，「死因是心臟被利器刺穿。凶手行凶時朝他心臟刺了兩刀，一刀刺偏了，第二刀才是致命傷。」

聽了嚴克奇的話，我目光不由自主的看向躺在門邊的戴亞爾，傷口大量出血，幾乎染溼了整個身體。

「……戴亞爾的死狀，沒之前那些人恐怖，是比較正常的凶殺案。」我咕噥。

「沒錯，之前的死者全都被割斷咽喉，內臟遭到破壞，無一倖免。如果凶手是同一個人，以凶手過去那種乾淨俐落的殺人手法，戴亞爾早就倒在原地斃命了，凶手不會給他任何求生的機會。」顧宇憂分析道。

沒想到他也察覺到了這一點。

顧宇憂瞥了我一眼，接下去問：「監視器有沒有拍到凶手的樣貌？」

「這次的監視器完全沒拍到任何影像。」嚴克奇把我們帶往一個不會影響警察工作的角落，搖了搖頭說：「可能凶手已經學聰明了吧，懂得避開這裡的監視器。」

「說不定凶手另有其人，而且非常熟悉這裡的環境。」他繼續推測。

「你認為凶手另有其人的可能性很大嗎？」嚴克奇繼續發問。

「只是猜測而已，說不定有其他原因導致凶手改變殺人方式。」他陷入了思考。

我傻愣愣的聆聽著他們的談話，一邊猜想如果凶手是熟悉這裡環境的人，那就是內奸囉？會是誰呢？

「嚴警官，貯藏室有個昏倒的傭人，她說自己是在後院被打昏的。」某個警察突然帶來一個身高只有一百五十公分左右的中年婦女。她兩手交握，有些害怕的東張西望，顯然受到了不小的驚嚇。

「貯藏室？」嚴克奇把注意力擺在婦人臉上。

「是啊，我原本在屋後晾衣服，突然有個穿黑衣的女人越過我身後，我正想大聲叫喊，她卻把我打昏了，醒來時，我發現自己被鎖在貯藏室裡面。」

「有看見她的長相嗎？」

「我都嚇壞了，根本沒想到要看她長相啦，嗚嗚……早知道她是來殺死大少爺的人，我一定會大聲叫喊，要大少爺小心的，嗚嗚嗚……」說完，婦人難過的掩面痛哭。

「長頭髮的嗎？」顧宇憂一臉嚴肅的問。

「是啊，她的頭髮跟衣服一樣是黑色的，有點捲，而且動作很快、很快。」她有問必答，「我就是看不到她的臉，不過，我好像聞到了咖啡味。不過那邊也靠近廚房啦，正好煮著咖啡，不知道那味道是不是從裡面飄出來的。」

「咖啡……」顧宇憂不由得一怔，心裡好像有了個譜，然後轉向嚴克奇說：「我出去一下，記得讓鑑識組的人查看戴亞爾身上或凶案現場有沒有咖啡漬。還有，那個戴欣怡拜託你看緊她。」

「好。」沒有多問，眼前的警官立刻點點頭，刻不容緩的說：「我這就馬上回去警局親自保護她。」

「元澍，跟我來。」說完，顧宇憂踏著優雅的腳步退出豪宅，回到車上。

不敢怠慢，我馬上小跑步跟上去。

車子又瞬間化身為豹子，在公路上奔馳著。

把身背貼近車椅、抓緊手把，我好奇的問那個開車的人：「去哪裡？幹嘛這麼急？」

「咖啡。」他緩緩吐出這兩個字，然後目光銳利的看著前方的路。

我不明就裡，抓了抓頭問：「呃，咖啡怎麼了？」難道他的咖啡癮又發作了？

「記得戴欣怡的洋裝被潑了咖啡嗎？」

「我記得啊，可是跟這起命案有什麼關係？」

「我懷疑，戴欣怡很有可能就是那個女凶手。」

「嚇？！」這句話把我嚇了好大一跳，「可是那個大嬸說當時廚房在煮著咖啡啊……」

「當嚴克奇說凶手能輕而易舉避開大宅裡的監視器時，我已經懷疑是能在大宅裡活動自如的人幹的好事，也不排除是大宅的住戶之一。自從戴亞金和戴維死了以後，住在裡面的，就只剩下戴亞爾和戴欣怡這對兄妹。」

「可是……她為什麼要殺死自己的親人？我不相信！」況且她看起來樂觀開朗，不像那種以暴力來解決任何事情的女生。

「你不覺得很奇怪嗎？父親和哥哥死了，她卻還能若無其事的掛上笑臉上學、籌備活動，完全沒有表現出傷心或悲憤的情緒，彷彿親人的死，跟她一點關係也沒有。」他像在努力說服我，也同時說服自己去相信這個殘酷的事實，「老實說，我也不想懷疑到欣怡身上。」

好吧，戴欣怡學姊是他同系的同學，若沒有真憑實據，他大概也不會誣賴自己同學殺人。

在我們忙著爭論時，車子已來到了中式餐廳外的停車場。

顧宇憂動作俐落的下車，踏著沉穩的步伐來到櫃檯找了那位潑人咖啡的女服務生。對方見我們去而復返，以為是回來找碴的，頓時嚇得不知所措。

「我只是想拿回那位小姐的洋裝，送洗的工作，我們自己來。」說話時，他始終保持著冷峻的表情。

「只、只是這樣嗎？」吞了吞口水，她眼裡充滿了疑惑。

「沒錯，那件洋裝價值不菲，不小心弄壞會很麻煩。」

呃，我有理由相信，顧宇憂在說謊。

「那好吧，請稍等。」彎下身，她馬上取出一個環保袋交給顧宇憂，然後禮貌的笑笑，「洋裝在裡面，你要不要檢查一下？」

點點頭，顧宇憂打開袋子，咖啡的香味馬上瀰漫整個空間。

「對了，請問那位小姐是不是有玩角色扮演的興趣呀？」見我們沒發難，女服務生鬆了一口氣，開始跟我們聊了起來。

「為什麼這麼問？」顧宇憂大惑不解。

「因為她昨天從洗手間出來時，臉上化著很奇怪的妝，還穿著黑色裙子，看起來很像洋娃娃呢，也好可愛。對了，她也把頭髮弄捲了呢。」

「黑色洋裝？」

「奇怪的妝？」

我和顧宇憂不約而同的問出口。

「嗯，對呀，我們想說跟她拍張照留念，她卻說趕時間，所以匆匆離開了。」

「雖然不肯合照，不過我有偷偷拍到喔。」旁邊有個男服務生突然拿出手機按了按，然後在我們的注視下調出了一張相片。

那手機的拍攝功能不太好，加上是偷拍的，相片效果有點差。但不難發現相片裡的女生擁有微捲的髮型、剪著齊瀏海……我赫然想起學姊額前也蓄著齊瀏海！

「女凶手……」我喃喃自語。不過，相片中化著濃妝的學姊，跟那晚在雨裡看到的女孩感覺有點不一樣，是相片效果欠佳的關係嗎？

「我差點就認不出她來了，要不是她說要拿回那個手提包，我根本就不曉得是她。」

「果然是戴欣怡嗎？」顧宇憂半瞇著眼，有些疑惑。

我突然想起來一件很重要的事：「之前嚴克奇不是在女凶手出現的地點附近找到一根斷裂的

鞋跟嗎？」

「鞋跟？」

「沒錯！之前學姊追債時，也穿了一雙十吋高的靴子，激烈的跑動讓她踩斷了鞋跟。如果那晚那個女生就是殺死戴亞金的凶手，而她又剛好赤著腳……殺人應該要很大的動作吧？說不定是鞋跟斷了，她才會把鞋子拎在手上。」

「你的意思是，如果能在戴欣怡家找到那雙斷了鞋跟的鞋子，就能證實凶手是同一人？」雖然我的表達能力亂七八糟，但顧宇憂還是聽進去了，可見他的思路比我清晰多了。

「沒錯！就是這樣，因為我們剛剛才懷疑凶手不是同一個人吧？」

點點頭，顧宇憂同意我的話，「先回去警局吧，叫嚴克奇先把戴欣怡扣留住，然後再申請搜查令到戴維的大宅搜查凶器、鞋子或其他相關的證物。」

跟著顧宇憂走回停車場，一坐進車裡，我突然想起哪邊不對勁了！學姊曾經在我面前坦言自己喜歡顧宇憂，但為何又要跟外縣的黑道聯姻呢？除非……她是被逼的！

「顧宇憂！」阻止那個紅眸少年進檔的動作，我把心裡的想法一五一十的說出來……

※……※……※……※

前往警局的途中，我突然接到伍邵凱的來電。

「喂，元澍，你跑去哪啦?我在學校等不到你，去問了你系上的同學，他們說你被祼姆接走了?」

啊!由於剛好我們下午都沒課，所以早上在警局門口道別時，就先約好下課後去便利商店打工。但是一下子發生這麼多事，我也忘了要打電話跟他說一聲。

「我現在正在前往警局的路上，你過來找我吧。」等事情辦好，就能跟伍邵凱一起離開了。

「幹嘛又去警局?」他語氣詫異的問我。

我把早上發生的事簡短的說出來，他也不敢相信學姊就是這起案子的凶手。

「喂，你自己要小心點啊。」掛斷手機前，伍邵凱還體貼的叮嚀我。

當車子駛入警局範圍時，平時冷冷清清的警局外，突然圍了很多人。

不對勁，那些人都是身穿制服或便服的警察，而且手上拿著槍，槍口全指向警局的大門。

「看樣子，我們是來遲了。」一腳踩下煞車、拉起手煞車，顧宇憂立刻推開車門下了車，走向附近的警察詢問詳情。

仍處於震驚狀態的我一時忘了要下車，直接從車裡打量外邊的情況。

警局的大門口，有個男人被一個持刀的女人給挾持住了。被挾持的男人雙手被手銬鎖在前方，有把匕首抵住了他的喉間，被逼乖乖就範。

「學姊！」

我正想跳下車阻止學姊的傻舉時，她已經飛快拖著手上的嚴克奇，快速坐進了車子後座，然後厲聲命令我：「快開車！否則我就要了他的命！」說完，她抓著嚴克奇腦袋撞向車窗玻璃。

嚴克奇頓時兩眼金星直冒，氣得咬牙切齒，「女生幹嘛這麼粗魯啊！」

「女生?呵呵，我可是凶手呢。」說完，她把匕首握在手心，一副隨時都會一刀捅進那個警官咽喉的樣子，「快點開車，要是被阿宇追上來，你就等著替這傢伙收屍吧。」

不敢怠慢，我立刻跳進駕駛座，然後在顧宇憂錯愕的表情下猛踩油門離開這裡。

在學姊的催促下，車子很快就來到了快速道路上，朝未知的方向前進。

「為什麼要這麼做?」我心痛莫名的問，「是因為家族逼婚嗎?」

「哼，原來你們都已經知道了，難怪會叫這個死警官扣留我!」用力踹了嚴克奇一腳，她繼續說：「誰叫我爸和哥哥們逼我嫁給自己最痛恨的黑道家族?什麼鞏固勢力，我呸!為了擴展勢力就得犧牲女兒的幸福嗎?被逼管理借貸的部門，我已經夠煩了，沒想到連我的幸福也要出賣給黑道，為什麼我就是無法擺脫黑道的背景和生活！我明明是那樣喜歡阿宇，希望有一天能守得雲開見月明，但他們卻粉碎了我的夢想！」

「要你和阿宇保護我，只是希望能爭取更多與阿宇相處的時間，只要兇手一天沒落網，他就會拚了命的保護我……」說完，學妹露出荒涼的笑意。

「所以戴維和那些人，真的是妳殺的？」我絕望的好想去撞牆。這麼漂亮的女生，為了捍衛自己的愛情，不惜讓雙手染上別人的鮮血，好可怕、好極端……

「呵呵呵，沒錯……」她笑了笑，但那笑容比哭泣還要難看，「接下來你和這個臭警察也得死！」

我不由得一驚，她還打算殺了我和嚴克奇？

喂，逼婚的事我又沒分，幹嘛連我也要殺？

「妳這個瘋女人，到底瘋夠了沒有？我可不想要腦袋或心臟外露啊！」嚴克奇哀號。

「為什麼？事情都已經結束了，為什麼還要殺人？」我也跟著哀號。

「因為我討厭你啊，元澍學弟。自從你來到了A市和捲入戴家的命案以後，阿宇為了替你洗脫嫌疑，連課也不來上，而且還無微不至的照顧你，對吧？你知道我有多嫉妒你嗎？我認識阿宇兩年了，他連眼尾也不掃我一眼，但你才來A市多久啊？就已經奪走了他全部的注意力。」

呃，我有點搞不清楚狀況，學姊是不是搞錯了什麼？拜託我是男生咧，怎麼講得好像我跟她搶男人似的？

「是元漳的兒子又怎樣？都長這麼大了，還需要他來操心嗎？！」她繼續發飆。

呃，只是做吃的給我，算是無微不至嗎？呃，好啦，被黑道追殺時，他也擔心我亂跑或遇到危險……至於為了追查這些命案而曠課，這種事我完全不知道啊！沒想到那個看起來冷冰冰的傢伙為了我……

稍微恍神，我沒留意前面的路口突然衝出了一輛油罐車，我立刻緊急煞車，但車子還是整輛打滑了，直直的撞上了旁邊的美化花盆。

在強大的衝擊力之下，可憐的嚴克奇居然再次撞向旁邊的玻璃，然後兩眼一翻，整個人昏了過去。學姊見狀，正想舉刀刺進他胸口時，我情急之下立刻拿出彈弓架開了她握著匕首的手。

「去死！」她面目猙獰，轉而揮動匕首攻向我，「我討厭你！你趕快給我消失！然後阿宇就會馬上回到我身邊了，哈哈哈哈……」

幹！她竟為了顧宇憂而走火入魔、青紅不分了！

我有些狼狽的側過身，刀尖有驚無險的沒入了車椅。我立刻踢開門，再趁機拽住她衣領把她拖出車子，然後箝制住她的雙手，阻止她繼續發難。

「學姊，拜託妳醒醒好不好?妳已經殺了這麼多人，別一錯再錯了!」

「對啊，都已經殺了這麼多人，再多殺一兩個也沒關係啊!哈哈哈哈……」

沒想到她力氣出奇的大，三兩下就成功擺脫我的箝制，握緊拳頭再度朝我襲來。

這女生的身手敏捷俐落，我完全占不上風。

「元澍!」在我們打得難分難解時，旁邊突然傳來了熟悉的叫聲。伍邵凱不知何時已來到我面前，冷不防的把學姊一腳踢飛了。

「喂……」拜託人家是女生耶!手下留情下會死喔?

「再這樣下去，你會死啊，笨蛋!她可是凶手好不好!」

好吧，被他看出來我只防不攻，因為我不想傷害曾經是我心目中如女神一般的學姊啊!

不過，伍邵凱怎麼知道我在這?

「我跑去警局時，聽他們說了學姊逃走的事，就追向那些已跑遠的警車，然後超越他們率先找到了你啊!」

以他的飆車功力，我有理由相信那些警車完全跟他沒得比。

「多來一個送死的嗎?我最討厭那些老是暗算人的傢伙了。」不遠處的學姊爬起身，舔著溢出嘴角的血，兩眼布滿了紅絲，惡狠狠的瞪著伍邵凱。然後，她撩起了裙襬，抽出綁在大腿內側的另一把匕首，兩眼爆出了殺氣。

感覺上，她好像變成了另外一個人似的。

在出奇不意之下，她以不可思議的速度衝上前來一腳踹開伍邵凱，眨眼間那把利刃已來到了我面前！

刀鋒上反射出太陽的強光，卻帶來了一股寒意。

她的動作非常快，下一秒，匕首已經朝向我脖子抹過來。我還能感覺到那把匕首的鋒利和殺意，我可不想跟戴亞金或戴維一樣被抹斷脖子，那種死法太過難看了。說什麼我也是幹架王啊，怎能輸給一個女生？

偏過頭，我避開了那致命的一刀，同時腳尖一點，拉開了兩人之間的距離。不過脖子還是被劃傷了，從傷口汩汩流出的紅色液體，染紅了我的衣領。

血的味道……清甜、腥香……

是錯覺嗎？怎麼感覺自己好像特別貪戀這種味道？

「元澍！小心！」

出神之際，眼前突然出現一道身影，抬腳踢開像頭猛獸般撲向我的美女……不，眼前的學姊看起來完全失去了人類的本性，暴戾、嗜血……好可怕。

「笨蛋！她已經不是你所認識的學姊了！」伍邵凱怒喊。

「多事！」多次被伍邵凱阻擾的學姊，火氣彷彿已衝至最高點，開始瘋狂的朝他攻去，「這麼愛管別人的閒事，我就先送你去死好了！」

伍邵凱手上沒有任何武器，因此在對方發狂似的攻勢下節節後退。

「伍邵凱！」我立刻抓出身上的彈弓丟給他。

跳起身接過彈弓，他幾乎是想用哀怨的眼神殺死我：「你以為我在跟三歲小孩打架啊？」

「你先頂一頂！我去找其他武器……」話聲未落，我可憐的彈弓已被學姊手上的利刃削了一半，接著她再一刀捅進了伍邵凱的右臂。

「唔……」伍邵凱臉色痛苦的按著不停出血的傷口，一邊躲閃對方逐漸加快的攻擊，很快的，他身上開始出現許許多多的血痕。

更多的血腥味在空氣中化開。

「元澍！我就快要抵擋不住了，快想辦法幹掉她啦！」伍邵凱見我仍傻愣愣的站在一旁，氣得直跳腳。

「**殺了她……快殺了她就能結束這一切……**」心裡有道聲音在誘惑我。

嘖……我該不是真的精神崩潰了吧？

抱著頭，我眼前的地面在晃動著。

「元澍！」

伍邵凱的叫聲讓我瞬間醒過來。抬頭看去，渾身浴血的他眼看就快要撐不下去了。

不行，再這樣下去伍邵凱會死的！一定要想辦法阻止她，一定要……可是，要我殺死曾經有好感的女生，我辦不到啊！

「快點殺了她啦！笨蛋！你幹嘛要同情一個凶手啊？她殺了我之後，連你和嚴克奇也難逃一死啊！」

沒錯，殺了她，才能救出伍邵凱和嚴克奇，否則我們三人都會死在這個殺人不眨眼的女魔頭手上！

傾足力氣，我一口氣衝上前去擒住她準備舉刀抹向伍邵凱脖子的手腕，直接扭斷她的前臂，再取走匕首刺進她身體。

「啊——」

慘叫聲在我耳邊爆開，可是……卻是意料之外的……是男人的叫聲？！

「臭小子！拜託你看清楚再刺好不好？你居然想在我面前殺人，看我怎樣教訓你……哎喲……」男人話聲未落，就已蹲下身發出痛苦的呻吟。

欸？沒想到那個不曉得什麼時候醒過來的嚴克奇竟抬手擋住了匕首，匕首直接刺入他左手的掌心，再從手背穿出。

但我沒空理會正痛得哭爹喊娘的他，立刻扭斷了學姊的胳膊，以阻止她再次發難。好吧，我承認，狠下心的話，我也能輕易打敗她的。

真的好險，伍邵凱差點就要掉腦袋了。

「殺了我吧……元澍……」已倒在地上痛得冷汗直冒的學姊，聲音虛弱的央求我。

「我是不會殺人的。」已恢復理智的我輕輕搖頭。

「是嗎？呵呵呵……」她突然發出可怕的笑聲，「只有殺了我，讓你的手染上我的鮮血，才能阻止這一切……放過了我，將來你一定會後悔的……哈哈哈哈……」說完，她開始發出了毛骨悚然的狂笑。

她這話是什麼意思？！

五雷轟頂的感覺倏地襲向我全身。那些話……曾經在我腦海裡響起過，難道那不是幻覺？是學姊的聲音嗎？

不，兩者的聲音不太像，那天聽到的，是宛如來自地獄的聲音。

可是，學姊為什麼會說出相同的話？

「妳這話到底是什麼意思?」蹲下身拽著她，我神情焦慮的追問：「那聲音……是妳嗎?為什麼要我殺人?為什麼?」

「你逃不掉的，元澍……逃不掉的……」她惡狠狠的瞪著我，瞪得我心裡發毛。

「給我說清楚啊!」我咆哮。

「哈哈哈哈……哈哈哈哈……」回答我的，只有眼前瘋了似的女生的狂笑聲。

我大惑不解的坐在地上，突然感覺肩上一沉。回過頭，顧宇憂那憂心忡忡的臉龐倏地在我面前出現。旁邊還停了幾輛閃著燈的警車，迎面奔來了許多警察。

救護車也到了，替受傷倒地的伍邵凱和仍在痛得哇哇亂叫的嚴克奇進行初步搶救後，醫療人員才把他們抬上救護車送往醫院。

「喂，我朋友沒事吧?」我有些緊張的阻止醫療人員關上救護車的門，眼神鎖在因失血過多而陷入昏迷的伍邵凱身上。

「放心，我們已經替他止血了，暫時沒有生命危險。」

放心的吐了一口氣，我才退開兩步，讓醫療人員順利關上門，啟程前往醫院。

學姊也被警察鎖上手銬，押上了警車。

帶著困惑的一顆心，我被顧宇憂帶離這個才剛剛經歷一場激烈打鬥的地方。

「等等！」顧宇憂才剛發動車子，我立刻叫了一聲，然後打開車門撿起已斷成兩截的彈弓，寶貝的收進口袋裡……

※……※……※……※

結束了。

在別人眼中，戴家的連環命案已經圓滿結案。

戴欣怡學姊承認自己不滿被家裡三個男人逼婚而萌起殺機，另外六名屬下只是不小心看見她的洋娃娃裝扮而趨前質問時慘遭毒手。當天，她原本想要潛入會館殺死自己的大哥，卻因行蹤敗露而撤退。

那把一直隱藏在大腿內側的匕首，就是用來殺害案中所有死者的凶器，那是一把混合了鑽石與純銀打造的武器，鋒利無比，從國外祕密訂製。

不過，以一個普通女子的身手來判斷，那種敏捷度和速度未免太驚人了，而且招招奪命，要是一個不留神，就會被殺死。

我不得不懷疑她是不是民間所流傳的魔人？但嚴克奇完全否決了她是魔人一族。

「給我專心讀書！腦袋別老是混著異想天開的想法。」說完，他還用力敲了我腦袋一記。

目前被扣押在牢裡等候發落的戴欣怡，在落網的那天晚上就已經交代了整個連環命案的來龍去脈。

她跟蹤戴亞金來到夜店外，趁他被我嚇得魂飛魄散、獨自跑去店後的巷子躲著時，取出凶器解決了手無寸鐵的他。接下來，為洗去身上的血跡，她沒有撐傘，任由雨水打在自己身上。斷了鞋跟的鞋子再也不能穿了，她只好拎在手上，就這樣走回家裡。後來，警方的確在戴欣怡家中找出了那雙鞋子，與現場附近找到的那根斷裂的鞋跟完全吻合。

接下來，為避免引起懷疑，戴欣怡在殺害父親戴維時，故意讓監視器拍到自己的身影。在戴維六名屬下與戴亞爾出事時，我與顧宇憂都剛好跟戴欣怡一塊兒在中式餐廳用餐。第一天，她以肚痛為由，從洗手間的窗口溜出去變妝後殺人，然後等我們離開後才出來，沒想到卻被餐廳的服務生拍到了相片。第二天，她故意讓服務生把咖啡灑在自己身上，然後借故去洗手間等司機送乾淨衣服過來的空檔，再以相同的方式離開餐廳。她先對司機車子的輪胎動手腳，以爭取充分時間謀殺自己的大哥，也就是戴亞爾。

戴亞爾死前曾觸摸過她的頭髮，所以手指與指甲內沾了咖啡漬。其成分連同戴欣怡換下來的洋裝經過化驗後，發現兩者的咖啡成分是一樣的。此外，戴欣怡也交出一件聲稱是犯案時穿的黑色洋裝，那件洋裝上確實沾了戴亞爾的血跡。

表面上，她殺人的動機和過程，與現有的證據完全吻合與成立，不過在上次那張便條紙的化驗報告出爐後，卻令我們大跌眼鏡。排除我與顧宇憂的指紋不說，因為我們都曾經碰過那張紙，但上面另一個陌生的指紋，卻不是屬於戴欣怡的。

不是戴欣怡？那會是誰的？根據系統的比照，是一個叫盧小佑的女孩所有，同樣來自A市，今年十八歲。

嚴克奇帶著警隊到她家準備逮人時，卻驚覺她右手腕以下的部分空無一物。換句話說，就是個失去了右手掌的少女。

她聲稱，手掌是在半年前遇劫時，被劫匪剁下的。當時自己只顧著逃命，沒想到要撿起手掌趕去醫院接回。而一個小時後，當警方前往現場搜尋時，竟發現那手掌不翼而飛了。

這件事，警局在半年前就有紀錄。加上盧小佑失去手掌的缺口已經痊癒得七七八八，根本就不是新傷，所以被排除於凶手的名單之外。

到底那隻手掌被誰撿走了？又被接到誰的身上？

嚴克奇針對此事再次盤問了戴欣怡，但她一口咬定自己是殺死所有人的凶手，沒有同黨。

後來，顧宇憂做出了幾個結論。

凶手有兩個人，死狀恐怖的戴亞金、戴維與六個屬下確認是被同一個凶手殺害，她的手法殘忍，有虐待屍體的傾向；戴亞爾的死法跟另外八人不同，只是被刺中心臟斃命。

他懷疑殺死戴亞爾的人是戴欣怡沒錯，畢竟在她交出來的黑色洋裝上已檢驗出戴亞爾的血跡，而戴亞爾身上也留下了咖啡漬。不過，殺死另外八人的凶手也許另有其人，也就是那個撿走盧小佑手掌的人，說不定那手掌已接至凶手自己的手上，以這種方式來掩飾自己的真實身分。

雖然戴維那六名手下被殺害的當天，戴欣怡被中式餐廳的服務生拍到了那身裝扮，但不排除是為掩人耳目，要大家去相信所有人都是戴欣怡一個人殺死的。

沒錯，案件中還有另一個仍在逍遙法外的神祕女凶手，她跟戴欣怡到底有什麼關係？

另外，顧宇憂也在那些死者身上找出另一個共同點，那就是——全部人都跟我有一面之緣。

撇開那六個屬下和戴亞金不說，我可沒見過戴維或戴亞爾呢。

但顧宇憂卻徹底粉碎了我的說法，「那天你在警局外受到襲擊時，帶頭的那個人就是戴亞爾。至於元先生房子被人縱火的那天，是戴維在現場指揮，而且是他親自替你注射痲醉藥。」

什麼？原來就是那個頭髮花白的老傢伙！

「元澍……他們全都是因為你而死的……」

「那些人是因為你才死的……只有讓自己手上染滿鮮血，才能停止這一切……」

那天腦海裡浮現的那些聲音，倏地闖進了我的思緒裡。記得學姊被我擰斷胳膊之後，也說了類似的話。

這一切……到底是怎麼回事？

「不過，也有可能只是巧合而已。」顧宇憂以這句話作為總結，「現在也只能判斷戴欣怡有個同謀，卻基於保護因素而拒絕透露對方的身分。」

「沒錯，現在也只能從她身邊的朋友下手，把他們全捉回來進行指紋檢測。」嚴克奇面帶無奈的附和。

巧合是吧？那我就勉為其難接受吧。

剩下來的疑團，警方仍會繼續追查下去，因此對警方而言，這個案子還沒結束。

「喂，在想著什麼？快幫忙端東西啊，沒見到我手受傷不方便喔？」廚房傳來了嚴克奇的抱怨聲。

正呆愣愣坐在餐桌旁的我立刻回過神來，把目光瞥向正在廚房裡忙成一團的三個大男人。

嚴克奇想要端起一鍋湯，卻礙於左手整個被包成了足球而有心無力。

「馬上來！」我立刻離開椅子，進到廚房幫忙把那鍋湯端出來，再來是火鍋料。

今天，顧宇憂與我同居的小公寓熱鬧非凡。除了原本就住在這的兩個帥哥，還來了兩個不速之客——嘮叨的警官與剛出院的傷兵伍邵凱。

伍邵凱手臂被捅了一刀，身上也有很多大大小小的刀傷，因失血過多而身體虛弱，在病床上躺了三天三夜才出院。

這一餐，算是慶祝我擺脫嫌疑人身分，以及伍邵凱傷癒出院吧？

「好啦，你們這兩個傷兵，都去飯廳等著。」回頭，我把礙手礙腳的伍邵凱和嚴克奇趕出廚房，誰叫這裡的廚房小得可憐，一下子擠進四個大男人太過勉強了啦。

「也不想想是誰害的。」他們異口同聲的埋怨。

「別把責任推到我頭上來！」我冷哼一聲，他們都是自願跑來現場的，我可沒叫他們來送死……呃，好吧，嚴克奇是被綁架過去的，不過是他自願替凶手擋下那一刀啊，他活該。

「要是你早點把人殺了，我就不必挨這麼多刀，痛死了！」伍邵凱摸了摸身上的繃帶，也跟著哼了一聲。

「喂，你這小子什麼不好教，居然教元澍殺人？你想毀了他大好前途，要元偵探在九泉之下不得瞑目啊？小心我告你唆使他人謀殺！」嚴克奇不滿的拍桌，「要不是你叫他殺了那女人，老子的手也不會出現一個血洞啊！」

「那是你反應遲鈍啦，大叔！」伍邵凱可不是省油的燈，居然跟某警官嗆聲。

「你叫我什麼？！我只比你大幾歲而已啦！死小子！」

沒想到我的一句話，竟挑起了那兩個男人的怒火，開始你一言我一語的互罵。

目送那兩個吵得面紅耳赤的傢伙走出廚房，小小的空間裡總算安靜了些。

看著旁邊那個忙於準備火鍋料的紅眼少年，他的動作非常熟練，下刀的動作乾淨俐落，跟大飯店的大廚有得比。

說到顧宇憂，其實這個人有時候也不是那麼討人厭啦。

怎麼說他也只是我爸的助理，卻在案件中幫了很大的忙，要不是他釐清了很多疑點，也不能早日揭穿戴欣怡的真面目，助我擺脫嫌疑人的身分。

換作是我，早就被美女給迷得暈頭轉向了。

好啦，聽嚴克奇與戴欣怡說了這麼多關於顧宇憂對於這件事的付出與犧牲，我對他已經稍有改觀了。搬出公寓的事，就暫時先擱下吧。

要知道曠課的話，可是會被當掉的呢！況且他讀的是醫學系，而且已大三了，功課報告什麼的，也一定很繁重吧？但他還是以案件為主……

「那個……謝謝你啦，知道你為了查案，有好幾天沒去上學。」

「沒關係，反正我已經修夠學分了。」他頭也不抬的說。

「嗄?」

「不去也沒關係。」

討厭，你就不能說句不必客氣喔?你這是在炫耀自己腦袋有多聰明、成績有多好是吧?

我不滿的斜睨他，但他看起來好像沒什麼反應，氣死人了。

不知怎地，站在顧宇憂身旁時，總覺得有些不太對勁。印象中，我們的關係好像還沒親密得可以肩靠著肩站在一起聊天吧?不過，我又想不起我們有過衝突或爭執的畫面，感覺上我應該有懷疑過他什麼吧?有嗎?靠，就是一時想不起來。

「我們是不是有吵過架或者有過肢體衝突?」我不由自主的問出口。

頓了頓，他轉過頭來露出貓一般的狡黠笑意，「憑你這種記仇和小氣的性子，要是有吵過架，你一定會狠狠的刻在牆上，然後想著要怎樣報復吧?」

「喂!」人家好好跟你說話，你就不能配合一點嗎?

哼，要是再跟這個冷漠無情的傢伙說話，我就是豬!

一口氣端起其他的火鍋料，我悻悻然的撇下那個目中無人的傢伙來到飯廳，把火鍋料擺滿了整張桌子。而早已跟嚴克奇吵完架，正坐在椅子上等吃的伍邵凱立刻勾著我的肩，笑得不懷好意，「幹嘛啦?又被褓姆氣炸了?」

「哼，那個目中無人的傢伙！別再提起他了！」

「怎麼？覺得他很像惡魔？」

「對啊，簡直是大魔頭！」

「喂，日記的事，你真的記不起來嗎？」他突然湊近我小聲的問。

「日記……？」歪著頭，我不明白他為何一直執著於日記的事，但我完全沒印象啊。

「咦？你是真的不記得啦？」

「沒印象啊。」

「幹你真的是撞壞腦袋了！」

「去你的撞壞腦袋！」正氣在頭上的我直接朝他頭上呼了一拳。

這時候，顧宇憂把剩下的火鍋料端出來，嚴克奇馬上關了電視機，來到桌前大叫：「開飯囉！」

不去理會在那邊哀哀叫的伍邵凱，我開始跟嚴克奇一起把食材放入桌子正中央的火鍋裡。

我餓壞了，很快就被眼前的美食吸走了注意力……

·尾章·

結束？才要開始呢

等著吧，元澍！

我一定會讓你完成「血祭」，加入我們魔人一族……

・尾章・結束？才要開始呢・

冷風凜冽的深夜裡，某棟公寓的屋頂上，站著兩道身披黑色系衣裝的黑影。淡淡的月光打在黑衣人身上，在淡褐色的瓦片上映出了一高一矮的影子。影子旁邊長著類似鳥翼的翅膀，很淡很淡，若沒仔細觀察，根本就無法看清楚。

「失敗了……」憤憤不平的清脆女聲倏地響起。她臉上畫著濃妝，娃娃般的臉蛋騰著殺氣。

「呵……真有趣。」比女娃娃矮了一個頭的身影發出怪異嗓音，乍聽之下難以辨認其性別。

「你居然取笑我！」女孩甩了甩烏黑的波浪捲髮，氣得別過頭去，「都怪那些人啦！一個兩個壞了我的計畫，幸好我早有準備，找了個替死鬼，不然他們肯定會繼續追查下去。不過啊，還以為元澍會殺了那個替死鬼，沒想到……吼～最討厭同情心泛濫的笨傢伙了！」

「同情心泛濫？呵呵……很快，他就不是了。不過他也許不知道，自己的同情心將為自己或身邊的人帶來更大的災難呢，呵呵呵呵……」

「可是，現在元澍丟了很多重要的記憶，要重新再刺激他談何容易啊？你倒是給我出出主意嘛。」跺了跺腳，女娃娃對著那個身穿黑色斗篷的怪人撒嬌。

「放心，我已經擬了一個萬全的新計畫，我們直接重擊他最脆弱的地方、最重視的人。如果這次再不行，那就……」黑色斗篷怪人的聲音漸小。

「嗯？你是指……」女娃娃眨著漂亮的雙眸。

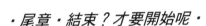

「沒錯。」

「哈哈哈，這個主意不錯！到時候，元澍就會成為我們手裡的王牌了！」女娃娃露出開心的笑容，銳利的目光直盯著不遠處某棟公寓的窗口。

飯廳裡的兩個少年，正在把桌上的鍋子、盤子和食物殘渣收進廚房裡清理。

「等著吧，元澍！我一定會讓你完成『血祭』，加入我們魔人一族的，嘻嘻……」

跨入廚房的門檻，像是聽見什麼聲音似的，顧宇憂偏著頭看向窗外。

某棟大樓頂端，颳起了一陣莫名其妙的疾風，揚起了屋頂上的灰塵。虛無縹緲的塵粒，也許凡人看不見，但他可是瞧得一清二楚。

「遊戲，又要開始了嗎？」他淡定的笑了笑，在元澍察覺出他的異樣之前，轉身進入廚房忙碌去了。

《Evil Soul ×少年魔人傳說01謎樣的遺書》完

敬請期待更精采的《Evil Soul ×少年魔人傳說02》

・附錄・

我是主角

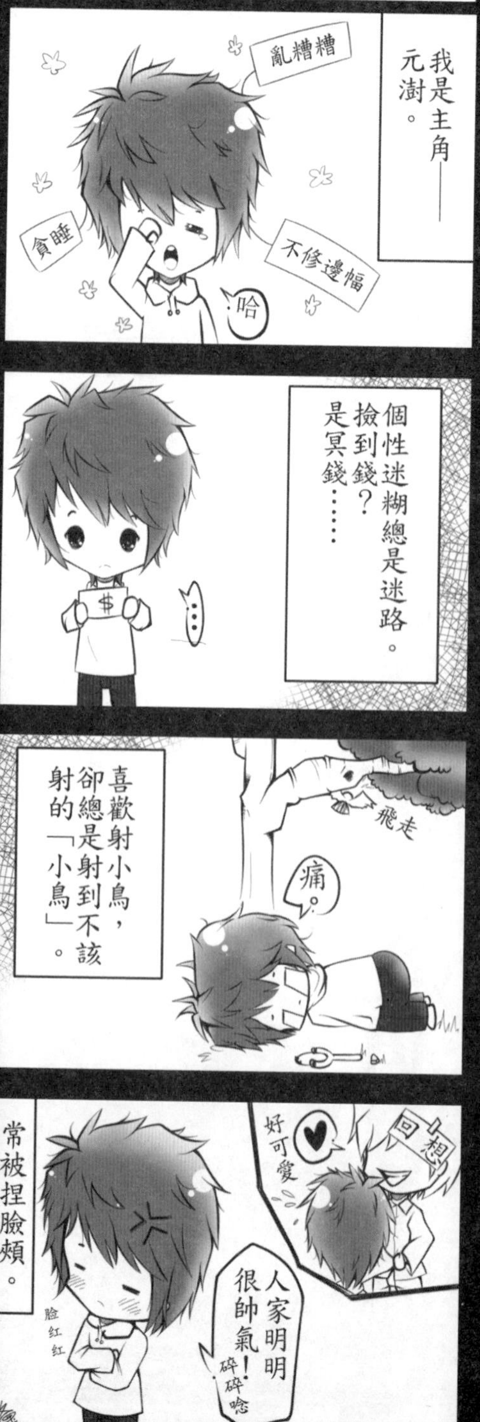
我是主角——元澍。
亂糟糟
貪睡
不修邊幅
哈
個性迷糊總是迷路。撿到錢？是冥錢……
…
喜歡射小鳥，卻總是射到不該射的「小鳥」。
飛走
痛。
常被捏臉頰。
好可愛
回想
人家明明很帥氣！
碎碎唸
臉紅紅

作戰失敗

討厭被顧宇憂約束，千方百計要逃離。
啊～
收訊不好，先掛囉！
喂……
嗶
裝睡潛逃。
不穩
枕頭
別再跟著我啦！
我不需要監護人！
顧
怒氣
怒氣
無表情
但是每次都妥協了。
壽司

・後記・

喵嗚～

各位書友日安！我是邪貓靈，可一點也不邪惡喔，只是想取個聽起來有點叛逆又有個性的筆名罷了（自爽中）……咳，離題了！

老實說，貓貓連做夢都沒想過自己會有出版系列小說的一天，好興奮啊～猶記得那天接到編編回郵，說有意把貓貓之前投稿的單本製作成系列作品時，不知亂喊亂叫了多少回、失眠了多少個夜晚。

不過，興奮之後是要付出代價的。幾天後，貓貓一直愣在電腦前，把編編的建議和意見看了一遍又一遍……慘了，第一次寫系列小說，不確定老人家記性、沒啥殺人經驗的貓貓（誤）能否寫到最後，完成這套書？

接下來開始頻繁跑回娘家，跟沉迷於偵探小說的老妹討論殺人方法，嚇得老媽子以為我們要幹啥見不得光的事，汗～

《Evil Soul×少年魔人傳說》能順利成書，首先要感謝典藏閣給了貓貓這個機會，以及可愛又細膩的編編耐心的指導。當然也不忘被貓貓纏著討論、且「拔筆」替本書畫四格漫畫的老妹洛卡卡。把書捧在手裡閱讀或當抱枕的各位，也非常感謝你們買下了它，但願沒令你們失望，還請多多支持接下來即將上市的第二集喔。（眾：這才是重點吧？！）

看完這一集，大家一定好奇那些凶殺案為何跟平凡得可媲美塵沙的元澍扯上邊（喂喂，是不是認錯人了?!）。而他最脆弱之處、最重視的人到底是誰?難道下一集將有某個角色被殺死?（慌）

（淡定）老話一句，追看下去不就知道了?不過能透露的是，那個遇劫並斷掌的少女，將在第二集再度出現喔。

邪貓靈　二〇一三年五月

飛小說系列052

Evil Soul×少年魔人傳說
01 謎樣的遺書

出版者■典藏閣
作　者■邪貓靈　繪　者■Lyoko
總編輯■歐綾纖
製作團隊■不思議工作室
郵撥帳號■50017206 采舍國際有限公司（郵撥購買，請另付一成郵資）
台灣出版中心■新北市中和區中山路2段366巷10號10樓
電　話■(02) 2248-7896　傳　真■(02) 2248-7758
物流中心■新北市中和區中山路2段366巷10號3樓
電　話■(02) 8245-8786　傳　真■(02) 8245-8718
ISBN■978-986-271-341-9
出版日期■2013年5月
全球華文國際市場總代理／采舍國際
地　址■新北市中和區中山路2段366巷10號3樓
電　話■(02) 8245-8786　傳　真■(02) 8245-8718
新絲路網路書店
地　址■新北市中和區中山路2段366巷10號10樓
網　址■www.silkbook.com
電　話■(02) 8245-9896
傳　真■(02) 8245-8819

典藏閣不思議工作室2103初夏活動・安利美特animate限定版

只要符合以下條件，就有機會獲得【魔人Q角胸章】1枚——

1. 即日起至2013年8月1日止，在**安利美特西門店**或**光華店**購買
   《Evil Soul×少年魔人傳說》全套3集。
2. 在書後回函信封處蓋上安利美特店章，或是影印安利美特購書發票。
3. 將全套3集的書後回函（加蓋店章）寄回；若採影印發票者，請一併寄回發票影本

PS. 可以等購買完「全3集」後，再於8月1日前，全部一次寄出。

☞您在什麼地方購買本書？☜

□便利商店＿＿＿＿＿　□安利美特　□其他網路書店＿＿＿＿＿

□書店＿＿＿＿＿市／縣＿＿＿＿＿書店

姓名：＿＿＿＿＿地址：＿＿＿＿＿＿＿＿＿＿＿＿＿＿＿＿

聯絡電話：＿＿＿＿＿電子郵箱：＿＿＿＿＿＿＿＿＿＿＿＿＿

您的性別：□男　□女　您的生日：＿＿＿＿＿年＿＿＿＿＿月＿＿＿＿＿日

（請務必填妥基本資料，以利贈品寄送）

您的職業：□上班族　□學生　□服務業　□軍警公教　□資訊業　□娛樂相關產業

□自由業　□其他＿＿＿＿＿

您的學歷：□高中（含高中以下）　□專科、大學　□研究所以上

☞購買前☜

您從何處得知本書：□逛書店　□網路廣告（網站：＿＿＿＿＿＿＿）　□親友介紹

（可複選）　□出版書訊　□銷售人員推薦　□其他

本書吸引您的原因：□書名很好　□封面精美　□書腰文字　□封底文字　□欣賞作家

（可複選）　□喜歡畫家　□價格合理　□題材有趣　□廣告印象深刻

□其他＿＿＿＿＿＿＿

☞購買後☜

您滿意的部份：□書名　□封面　□故事內容　□版面編排　□價格　□贈品

（可複選）　□其他

不滿意的部份：□書名　□封面　□故事內容　□版面編排　□價格　□贈品

（可複選）　□其他

您對本書以及典藏閣的建議＿＿＿＿＿＿＿＿＿＿＿＿＿＿＿＿＿＿

＿＿＿＿＿＿＿＿＿＿＿＿＿＿＿＿＿＿＿＿＿＿＿＿＿＿＿＿＿＿

＿＿＿＿＿＿＿＿＿＿＿＿＿＿＿＿＿＿＿＿＿＿＿＿＿＿＿＿＿＿

✌未來您是否願意收到相關書訊？□是　□否

✍感謝您寶貴的意見✍

印刷品

$3.5
請貼
3.5元
郵票
不思議信箱
FUSIGI POST

235 新北市中和區中山路二段366巷10號10樓

華文網出版集團　收

（典藏閣－不思議工作室）

少年魔人傳說

邪貓靈／文 Lyoko／圖

1 謎樣的遺書